京都詩人傳

一九六〇年代詩漂流記

Ben Shouzu
正津 勉

アーツアンドクラフツ

はじめに
——コップの中の嵐

一九六四年四月、十八歳。わたしは福井の山奥の高校を卒業、同志社大学に入学（文学部社会学科新聞学専攻）。文学研究会に入会した。

しかしこれが自発してではない。じつをいうと同郷の先輩Uさん、[*1] この苦学の人が無学の後輩に本を読む必要を説いた、その親身の助言にしたがって。そんなしだいで入会したわけである。だからはじめからまったく文学を学びたかったのではない。ここならきっと本に親しむにふさわしいクラブだろうと申し込むことにしたと。ふつうにいわれるように教養が無いのでそうしただけなのだ。

そんなことなのだから当然のなりゆきなのだろう。ほどなくはやばやと脱落することになっている（はっきりしないが一回生後期には自然退会となっていたのでは）。なんでどうしてかというと、はなからみんなの話に即いていけなくて、どうしようもなくなってだ。

ついてはどうにも忘れられないことがある。あれは文研新人歓迎第一週読書会である。テキストは『近代人の疎外』（F・パッペンハイム　粟田賢三訳　岩波新書）、『現代のヒューマニズム』（務台理作　岩波新書）であった。ときにチューター役をつとめる二回生さんにこう笑われたものである。

「大物やで、こいつは。だいたいがや、実存主義の何たるかも知らないだけ、そんなのやない、ぶっちゃけたはなし、ほんまのところ、岩波新書が何であるかも存じなかった、そういうのやで。大抵なやつ、でないな」

仰せのとおりでなくも嘘ばかりではないのだ。じっさいわたしは育ちからも知的にはほど遠くあったのだ。生家は酒屋でみたくとも書物なるものはなにも、むろんくだんの新書が存在するべくもなく、京都の大学にくるまでずっと頭遊ばせてきている（中学は柔道部、高校は山岳部）。ほんとまったくもって本などとは無縁でぼっーと大きくなったやつ。根っからまるっきり山がつというしだいだ。

みんなと言葉がかわせない。まずテキストの題の「疎外」という言葉を初めてみたぐあい。そしてなかに「止揚」なんて出てくると辞書もひけないざま。あまりに格差がありすぎた。

「疎外という言葉からも疎外された」。モンモウのやつは、しかしここでよりによって厄介な人物に出会うことになるのである、シジンさんだ。

清水昶《あきら》（一九四〇〜二〇一一年）。本稿では兄の哲男も俎上にするため非礼ながら煩瑣をさけて昶の呼称を使用する。昶は、なんと五歳上で学年は二級上という。この歳の差は大きい。しかもこのときすでに詩人と仰がれているようすで、なんというかそんな雲上の人よろしくあったのである。それがわけがわからない。そのいつかわたしが文研の機関誌「同志社文学」新人特集号に苦し紛れに書きなぐった詩のようなもの（題名失念、当誌消失）。[*2] 昶は、そんなやつをどうしてか面白がってくれたのである（のちに昶語るところ、下手っぴの頑張りぶり、それに胸打たれたと）。ひるがえってみればそう、これがわが詩の始まりでこそあり、これからいたしかたなく、もうずっと後ろ暗い道を歩むことになる、というみちゆきとあいなるのだ。

さて、ときに周囲で読まれたものとなるとご多分に漏れない。いわゆる三派全学連系シンパ文学者「自立派御三家」、埴谷雄高、吉本隆明、谷川雁であった。わけても詩少年らがカルト的に熱くなったのが谷川雁なのである。

『原点が存在する』（一九五八年　弘文堂／改版　現代思潮社）。昶は、まずはこれから読んだらといった。へんてこな学生風京都弁でもって。

「まあこれを精読するのや。読んだらわかるけど世界の見方が根底からガラッと変わってしまうかもよ。いやほんま面白いでこれは」

だいたいからその名前もきいたことがない。このかたが、特異な詩人思想家にして、三池争議や安保闘争などにおいて理論実践両面に主導的位置にあり、じつにこの本はというと、いまなお先鋭部分に熱狂的支持を受けている革命工作者の、特異な扇動宣言集、であると。こんなのがいっとう最初のテキストだったとは（ところでのちに谷川雁と小生は不思議な出会いをするにいたる。「清水昶」の章、後述）。

革命とは何か？ 詩とは何か？ コピーふうに、いうたらあれや。「その根源を問う一書やな」。なんては、おっしゃるが。いったいどこがどう凄くあるものなのか。モンモウのやつには読めるしろものではない。

「下部へ、下部へ、根へ、根へ、花咲かぬ処へ、暗黒のみちる所へ、そこに万有の母がある。存在の原点がある。初発のエネルギイがある」

ふっと当方が溜息をつくようにする。すると昶が心優しくいいそえている。

「ここにいう原点なるもの、それをさらに農村や炭坑などの共同体とむすびつけ、あわせて革命と詩のための起爆剤としようという、そういう壮大なビジョンや」

どこからこのような思考がうまれてくるのか。わからないなりに感じ惹かれるものがなくはない。だけどどうしても最後まで読了するにいたらない。そんなまるでなにか判じ物みたいなぐあいなのだ。どうしてこんなふうに表現しうるものだろうか。

「これはやな、革命のイメージのコペルニクス的転回、というのか……」

いったいぜんたい、「万有の母」、なんてなんなのだ！　それはだけどちょっと悪くなくおもったところもある。「血をもって明らかに……」。ここはなんとなしごっつう気にいっていったのだった。「けだし詩とは留保なしのイエスか、しからずんば痛烈なノウでなければならぬ。詩が来たらんとする世界の前衛的形象であるかぎり、その証明は詩人の血をもって明らかにせねばならぬ」

つづいてつぎに『谷川雁詩集』（一九六〇年　国文社）とくるのである。これがしかしなんとも難解きわまりないものであった。ようわからん、お手上げ、ちんぷんかん。だがどうやらそこらがまた有難かったのかもしれない。

いなずまが愛している丘
夜明けのかめに
あおじろい水をくむ
そのかおは岩石のようだ
かれの背になだれているもの
死刑場の雪の美しさ

…………

ひとすじの苦しい光のように
同志毛は立っている

（「毛沢東」部分）

ときにベトナム戦争は拡大し泥沼化の一途をたどっている。六四年一一月、米原潜「シードラゴン」佐世保寄港。六五年二月、北爆開始。シュプレヒコールが叫ばれる。全学ストをうち街頭デモを貫徹せんという。アジテーションのきんきん声がデモンストレーションを訴える。それがタバコの煙でもうもうの学館のコーヒー・ショップの一隅まできれぎれに届いてきている。インターナショナルが歌われる。

時代はどうにも騒擾としていた。「ひとすじの苦しい光のように／同志毛は立っている」。たとえばそんな修辞をどうかすると現実のものとして、センチメンタルにも、ヒロイックに感受したいような熱気にうなされた。

むろんのことときの前線の詩もまた熱く沸騰するようであった。岡田隆彦や吉増剛造の詩誌「ドラムカン」（六二年創刊）、天沢退二郎や渡辺武信の「凶区」（六四年創刊）……、ほかの「六〇年代詩人」の群雄的登場である。たとえば「凶区」でいうなら、天沢退二郎の「作品行為論」、鈴木志郎康の「プアプア詩」、などなどが喧伝されていた。

しかしながらそれはあくまでも首都のニュースとしてなのである。このときわたしらの周囲に誰ひとりとして詩を専一にやろうなんて奇特な輩はいなかったのだ。くらべるまでもなくこちら京都はしょぼいままだったのである。

そのようなわけで詩を語る連れが欲しかったのやら。そのうち六五年春のいつか。昶は、わたしが住む嵐山の旧家の一間に越してきて同宿している。そうしてときをおかず二人で詩誌「０００５」（六五年一一月創刊。実体のない組織、同志社大学現代詩研究会発行として。誌名の由来は映画「００７」シリーズを真似て下宿の大家さんの電話番号。のちに「首狩り」「首」と改題）を出すことになったのである。

＊　＊

わたしらが頼む印刷屋は市役所の近くにあった。そしてそこがじつは京都の詩にとって、要衝、拠点、いちばんの大切な場であったのである。まずはこの一文をみられよ。

「かつて京都の街にひとつの小さな印刷屋があった、そして、いまもある。その名は双林プリント（現、文童社）。その町工場のおやじが山前實治、そこの印刷工のひとり、ながい闘病生活の果ての死にぞこないの大野新。そして山前社長は死に、死にぞこないの大野新が生きている。端的にいえば、これが京都詩壇のはじまりであり終りである。この物語をぬきにして京都詩壇はかんがえられないのではないか。詩誌詩集の印刷出版メディアとしての双林プリント。双林プリントは京都における詩的戦略の要衝であり、そこに大野新という参謀がいた、そして、いる。この小さな要衝こそ、詩と詩人たちの縁の糸の結び目であり、交友形成の場であったのだ。いまは京都をはなれている清水哲男、昶兄弟、正津勉、佐々木幹郎、相生葉留実なども、みんなみんなこの要衝をくぐりぬけていったのだ[*3]」

まことに正確なること簡にして要をえた紹介といおう。双林プリント、京都の詩はというと、およそすべて「この小さな要衝」からはじまる。じっさいここが京の町家筋の「小さな印刷屋」、一階が工場で二階が住居となっていた。

まずはこの二階の住人「町工場のおやじ」山前實治《やまさきさねはる》（一九〇八～七八年）のことから。山前は、京都帝国大学卒業、戦前に天野忠、北川桃雄らと同人雑誌「リアル」を発行。戦後は天野、田中克己、依田義賢らと「コルボオ詩話会」（註：コルボオは、仏語で鴉の意）を結成する、「京都詩壇のはじまり」（「天野忠」「大野新」の章、後述）に位置する詩人である。この山前さんが、なんと印刷を頼みに伺った最初の日のこと、わたしらジャリを相手にしゃべりやまなかった。京都詩回顧にはじまり、印刷代割引がどうのまで。それこそ鴉まがいの声でカッ、カッ、カッ、カッと嬉しそうに笑いながら。そのかたわらで黙って俯き輪転機に向かう人がいらした。

それがそう、「死にぞこないの」大野新《しん》（一九二八～二〇一〇年）、なのだった。いやそのはじめから感じるものがあった。そうしてたちまちその詩と人となりに惹き付けられてゆくのだ。大野は、なるほどわたしらの「参謀」にふさわしくあった。これより昶とこの大野、また昶の兄で大野と京大在学中より詩誌「ノッポとチビ」(「大野新」の章、後述)の仲間、清水哲男(一九三八年〜)、これらの先達を導き手として、わたしはおずおずと詩の世界に入ってゆくのである。

＊　＊

ところでどんなものであるか。よくいわれる、京都と東京は違って、人の立て方から、なんだかわからない「京のぶぶ漬け」とかいわれるような、茶の呼ばれ方まで、万事に微妙に異なる、なんてことを。それではないがそうなのである。

だいたいいわれるとおり、ここでこの街で詩を書きつつあって、うなずかされたものである。どういったらいいか、そこには閉鎖京都系とでもいうほかない、なんともちょっと、あらわしようのない詩的交友圏があった、ということである。もっといってよければ、どこかでその詩の考え方もがんとして、ゆずらないようなところが。

京都の詩と、首都の詩と。はっきりと、わけるようなところはとなると、だいたいそんな千年の歴史も文化も関係ないのであれば、あるはずがないのであるが、なんという。

たとえばさきの第一線の誰彼に熱くなる。そのいっぽうで大野や交友圏の作にふれる。それはどういうか同じ詩であるにはあるのだが、なんなのだろう料理の味付けぐあいのほどか、どこがどうとはなく違う別のもののようだった。

「京都詩人傳　一九六〇年代詩漂流記」。わたしはというと六四年春から六九年末まで京都に棲息することになった。そうしてたまたまこの時代の閉鎖京都系の詩的交友圏の末尾しんがりにいたのである。そこで知った諸兄の詩や真実となり。それがいかなる「コップの中の嵐《シュトウルム・ウント・ドラング》」を起こしたものやら。

これよりここに粗述するのは基本的にはそうだ、まったく極私的なること、ほとんど一般的ではない、およそこの六年弱ばかりの備忘まがいといおう。それにくわえるとしたら、拙第一詩集『惨事』刊行前後、そこらあたりまでとしよう。おもえばそこに収められた詩稿というと閉鎖京都系詩的交友圏のつよい影響のもとに書かれているのだ。

＊1　松村伊右次、当時、立命館大学二部三回生。後年、大文字山で服毒自殺。参照、拙詩「a dark, dark, dark」『死ノ歌』（一九八五年　思潮社）

＊2　拙第一詩集『惨事』（一九七二年　国文社）、以前の稿は全て破棄

＊3　角田清文「拠点としての双林プリント」『相対死の詩法』（一九八三年　書肆季節社）

目次

装丁◉間村俊一

京都詩人傳

一九六〇年代詩漂流記

天野 忠

太陽の寒さ

天野忠《ただし》（一九〇九～九三年）、じつはこの詩人をめぐっては、わたしはさきに一文をものしている。[*1] ついてはこれから記すところは、いまからみて不備の目立つそれに大幅に加筆をほどこして、ここにあらたな稿となすものだ。

清水昶やわたしら若造の詩人志望者の参謀であった大野新。天野忠は、参謀大野の生涯の師匠筋で、ときの京都の詩的交友圏の最長老である。であればまずは天野からこの稿を起こすのが順序というものだろう。

大野は、ことあるごとにその詩と人となりにおよび、わたしらをまえに説き聞かせるのだった。参謀がみるところ、あくことなく最前線の突っ張らかった「六〇年代詩人」の誰彼や「自立派御三

「家」の動向について口角泡を飛ばしやまない青臭いやつらが、苦々しかったのだろう。

「忠《チユウ》さんは、特別や、達人や、読んでみぃ」

そうまでおっしゃるのなら一つ読んでみることにすべえか。いうたらそれぐらい。そのような軽い乗りで参謀から天野の詩集を借りて読むことにした。それがどうしてか。そのうちにだんだんと身に沁み入るようになっていくのだ。おそらくこの年まわりで当方ほどにどっぷりと天野にのめりこんだ酔狂よろしい者はいないだろう。

いやいったいその読書をどういったらいいか。どうにもちょっと詳らかにできない。それはじつに奇妙、なんとも凹（へこ）んだ感じのする、後味のものだった。そこらをこれから解きほぐそうという。

ところで「凹（へこ）んだ感じ」といった。じつはこのことは天野長老のみにとどまらず、あらかじめいっておけば閉鎖京都系詩的交友圏ぜんたいにわたって、おぼえさせられた詩的特徴でこそあった。みなさん静にすみに控えるようなぐあい。

などとはさてとして、なにしろ俎上にすべき相手はとんでもなく生易しくない達人とされる、おかたなのである。ここはとまれ、その略歴に沿って多く大野の論を参照して、みてゆきたい（以下、天野の自筆「年譜」*2を摘録）。

＊　　＊

一九〇九（明治四二）年。六月、いかにも古都的な出生譚めくこと、京都市中京区の伝統職人（金銀箔置、ぼかし友禅を職とする）の家に、跡継ぎ長男として生まれる。母は無筆で、家には本らしい本など一冊もなかった。

二三（大正一二）年、十四歳。生来病弱のうえ、偏屈気質につき、丁稚奉公をまぬがれ、商売人になるべく京都市立第一商業学校（現・西京商業高校）に入学。綽名、若年寄。同窓生に藤井滋司（シナリオ・ライター）、山中貞雄（映画監督）がいた。まったく勉強はせず夜店の莫蓙の上の古雑誌や古本漁りに精出したとか。三年時、校友会誌に初めて小説を書き一等賞に輝いた。五年時、散文詩のような、アフォリズムのような詩を発表。ここらをみるにつけても古都特有のひねてややこしいハイカラな大正文化ボーイでもあったようだ。

二八（昭和三）年、十九歳。大丸百貨店京都店入社（四三年に同社退社後、軍需会社に敗戦後まで勤務）することになる。だがサラリーマン生活はしがないかぎり。映画と読書に没入。キネマ旬報に「チャップリン論」を投稿して、生まれて初めての原稿料を貰う。さらにロシア文学を乱読すること、ドストエフスキイ『死の家の記録』に感動ひさしくする。「読むほどに、しかし自分にはとても小説を書くだけの馬力はないなあ、と漠然と覚悟して」小説を諦めて、詩作に手をそめる。

職人の家の出、生来病弱、商業学校卒、並々の会社員……。およそどこにも詩的な光芒はうかがえない、それだけに、なおひたすら懸命に詩人たらんとしたろう。

三二年、二十三歳。五月、『石と豹の傍にて』（白鮑魚社）刊行。この三月、満州国建国宣言され、五・一五事件が起こった。一〇月、京大において文芸誌「三人」（竹内勝太郎、富士正晴、野間宏ら　二八号まで）創刊。

三三年二月、小林多喜二虐殺。三月、日本国際連盟脱退。同月、ドイツでヒトラー内閣成立。四月、滝川事件（京大法学部教授滝川幸辰《ゆきとき》を、文相鳩山一郎が強制罷免した事件。同校教授団・学生を中心に反対運動が展開されたが、弾圧された。京大事件）。いよいよ言論、思想への弾圧つよまる。

三四年四月、文芸誌「リアル」創刊同人（山前實治、北川桃雄、田中恒夫、永良巳十次ら）として参加。しかしながら社会主義リアリズムを標榜する同誌の空気になじめず詩の発表もふるわない。そこでべつの詩友を求めてか同時期に伊東静雄と幾度たりか会ってもいる。[*3]

なお、天野と「リアル」をめぐっては、ここでは煩瑣を避けて引用しないが、この時期の天野を論じる大野の一文、[*4] また大野と「ノッポとチビ」の仲間、詩人・批評家河野《こうの》仁昭《ひとあき》（一九二九〜二〇一二年）の論究[*5]に詳しい。さらにひろく京都の詩人を概観するには天野隆一（一九〇六〜九九年）編の『京都詩人年表』（一九七三年　RAVINE社）を参照されたし。

三四年一一月、『肉身譜』（丸善京都支店）刊行。天野は、とまれこのような険悪な空気の下で二冊の詩集を出しているのである。いまあらためてその苦しい日の詩を読んで感じるのはそうである。それはそれなりに天野詩の萌芽は窺えなくはない。だがひるがえってみればどうか。やはりいまだ習作期の域を出るものではないのだ。はっきりいって前者については後日の詩人の達成からみてそれ以前のものでしかない。そこにはモダニズムのひ弱なあだ花がそよぐだけである。であればここでは後者『肉身譜』からつぎのような詩行をみるにとどめる。[*6]

逃げる　力の強い我武者羅な奴の傍から　歯を剝いて
巨岩にぶつかってゆく傲岸不敵な奴の傍から
運命から除け者にされた奴が　愧かしそうに
こっそり火鉢にもたれている

（「逃げる」後半）

太陽の寒さ
爪に降りかかる陽のひと切れを
わたしは
コップに入れて飲む

すこうしずつ悪くなる呼吸

むろんここまではのちの天野詩のユーモアはのぞむべくもない。しかしまあ、この「愧かし」さは、どうだろう。そしてなんと「陽のひと切れを」なんだって、そんな「コップに入れて飲む」なんて、いやまるで死ぬための薬をあおるようでないか。

（「肉体」後半）

そこには心身の問題もあった。なんともこの頃に家族を相次いで失い極度の不調に陥るというのだ。このように三五年の年譜にみえる。

「十一月母死去。身内の葬式を幾つも出して、自分一人になってしまったので、中京区の生まれた借家を離れて下宿をする。当時、道の中央を歩くと、眩しくて中心を失い倒れそうになり、片側の陽かげをえらんでこそこそ歩いた。「リアル」にエッセイ「自殺について」を書いたのもこの頃である。自殺は行為ではなく半行為だから自殺しないという気でいたらしい」

家族の不幸に暗くも、時局の圧迫が重なる。そしてより三七年の記述は絶望的なのである。

「七月（註：同月、日支事変勃発）に「リアル」同人の一部検挙（註：当時党員だった田中恒夫、永良巳十次）される。（註：それ以前の三月、同誌）十二号にて廃刊。検挙は免れたが以後、一九四五年頃まで書かず読まず、僅かに落語や寄席芸をたのしむ」

ここにいう「落語や寄席芸」について。このことに止まってみれば、これがどこかでのちの天野の独特な世界をつちかったのではないか、そのように考えられるのだ。だがこれは後述することにして。

いま一つ、このとき詩誌の弾圧事件があった。それは「リアル」世代より若輩の詩誌「車輪」グループ（倉橋顕吉、立川究ら）の検挙である。うちの倉橋顕吉（一九一七〜四七年）について。倉橋は、天野の『我が感傷的アンソロジイ』（後述）に出てくるが、二人は一度だけ会っている。天野は、戦中に断筆を余儀なくする。倉橋は、いっぽうで時勢に抗うような作品を書きつづけた。ここらにも天野の深い屈託は窺えるだろう。

つづいて時局をみたい。三七年一一月、京大を中心にした反戦・反ファシズムの芸術、思想、文化情報雑誌「世界文化」（中井正一、新村猛、真下信一、和田洋一、久野収、富岡益五郎ら 三五年一一月〜三七年一〇月、三四号迄）同人が治安維持法違反で検挙。中井、新村ら六名が起訴され、留置所・未決拘置所で二年間前後拘禁されている。

さらにまた詩の世界に戻せばそうだ。四〇年三月、近隣の神戸で「神戸詩人事件」が惹起している。これは「神戸詩人クラブ」発行の同人誌「神戸詩人」（一九三七〜三九年 第五冊）が、治安維持法違反の嫌疑を懸けられ、一一人が起訴され、二人が実刑、残りの九人が執行猶予付きの有罪判決を受けた一件である。

戦前、戦中、つぎつぎと暗く恐ろしい事件が相継いでいる。だけども天野の年譜はじつに素っ気ないかぎり。しかしながらおもえばこの間はといぅと二十七、八歳からずっともぅ「書かず読まず」自らを閉じつづけること三十五、六歳までにいたる長きにわたるといぅのである。

ときになにぶん人生五〇年でしかなかった。そのことからして想像するまでもなく、いちばんの飛躍と充実の期間であれば、ほんとうにその屈託はいかばかりだったか。天野は、虚弱体質につき丙種不合格であり徴兵はのがれた。国家に奉仕するべくもなく、ただもうひたすら小さく縮こまるようにして、暗黒の時代をやりすごすのだ。

じっと死んでいた

一九四五（昭和二〇）年、三十六歳、敗戦。八月一五日、なぜか年譜にはその日をめぐる記述はない。敗戦後、生活苦に襲われ、雨後の筍のようにできた小出版社を渡り歩きつづける（うちの一社は圭文社で作家富士正晴と同僚となる）。そののち手持ちの蔵書八百冊を並べて、「間口一間、奥行二間半」の古本屋「リアル書店」を開くなど、糊口と病苦と闘いながら詩作を再開する。

ついては戦後の京都の詩の行方をみたい。京都は戦災を免れたために、印刷所が残存し、用紙類の調達なども他都市と較べて、出版の状況は恵まれていた。まず出発は「四季」の流れを汲む臼井喜之助（一九一三〜七四年）が主宰する半商業詩誌「詩風土」（小高根二郎、大木実ら　一九四六年一月

〜四九年一二月、三七号迄）に始まる。天野は、いっぽうでより地縁に根差す詩の方途を目指すのである。

四九年五月、天野と山前實治が中心になって、天野隆一、田中克己らと「コルボオ詩話会」を結成。月刊で「コルボオ詩話会テキスト」第三六集（一九五二年七月）を刊行。さらに特筆すべきは、五一年に発刊された「コルボオ詩集」であり、じつに年刊として第一〇集の六〇年まで営々とつづいた（わたしらの学生時代には古本屋にコルボオ関連詩集が数多く超廉価でならんでいた）。ついてはこれをもって戦後の閉鎖的京都系詩的交友圏は確立をみたといえよう。なおこの活動の軌跡は前述の河野の緒論[*7]を参照されたし。

五〇年四月、戦後初の詩集『小牧歌』（コルボオシリーズ）を刊行。もはや四十一歳、なんとなし、しんどげな、再出発である。「他人の足で歩き、他人の頭でものを考へ、その疲労でさへも自分のものではなかつたやうな、あれらの愚かしい時の亡骸が、いまこの小詩集を編む私の眼を暗くする。これはあの時代の私を悼むささやかな餞けである」（「あとがき」）と。

まずはここでは集の冒頭におかれた、つぎのような詩行を引いておきたい。

牛は　雨の中につながれていた
泥土のように　ツヤツヤとひかる脚

脚はたくましく鮮烈な湯気をあげていた　（「黄昏」初連）

牛はぐったりとまなこ閉じた
それから
灼けつくような糞をたれた　（「夏」終連）

雑草をちぎりべっべっと唾しながら
部落の子は　ひかりを足にまといつかせて
呼吸もはげしく坂をかけのぼってくる　（「部落早春」終連）

これをどういおう。まさにいっとき戦後のまぶしい陽を浴びておぼえず口を衝いてでていた非望のようなもの。そうはいえないか。

天野は、しかしながらそちらのほうへ向かうべくもなかったのである。それこそここにある「牛」や「部落の子」のような一途な生の肯定なるほうへとは。天野は、どういうかなぜもなくつぎにみる詩「四十微笑」のようにあらざるをえなかった。

天野 忠

いつも淡いひかりの中で
それを崩すまいための
しずかな呼吸をしていた
夜は正しく横になって眠り
僅かの時間のあと　割れた卵のように
ドロリと不機嫌にさめた
その白い小さな掌は
いつもためらうための寒さにふるえ
自分の外の
ひとの営みの深いおどろきにも触れず……
四十歳　そしてわたしは生きて在り

いまいつもの淡い人生の裾の方に
それを崩すまいためのしずかな呼吸をして
世にも恥ずかしい微笑をした。

どんなものだろう。大野は、この一作をしてこう述べる。「ここで天野忠は、天野忠としての最初の作品を書いたといってもいい[*8]」。なるほどである。いや「淡い人生の裾の方に」居住まいを正し「世にも恥ずかしい微笑を」とは。ほんとこのなにをもってしても埋めえないような、どうしようもない凹みぐあいといったらどうだろう。

五一年、奈良女子大図書館に勤務（七一年、同館事務長として定年退職まで心身不調を抑えつつ無事勤めあげる）。

＊　＊

一九五四年六月、『重たい手』（第一芸文社）、五八年九月、『単純な生涯』（コルボオ詩話会）を刊行。天野は、これからいよいよ天野らしくなってゆく。前者ではつぎの一篇をみられたし。

私が生まれたとき
小さな地震があった
母の額にはいつも星の形をした
小さな黒い膏薬が貼ってあった
日課を果すように家族は

みんな順番に死んだ
…………
足早く単調な疲労と
ゆっくり身にしみとおる疲労とで私は歩いた
私は歩いた

私は歩いている
今日も昼食のパンに
すこしばかりマーガリンをつけて喰べた。
（「最後の家族」部分）

さてこれをどう読まれるだろう。こうもたんたんと死と日常を並列してみせようとは。なんかちょっと恐ろしくないか。「私は歩いた」「私は歩いた」「私は歩いている」一歩また一歩、死のゴールへ急かされして……。

そして後者では、この一篇ぐらい。これなんかはのちにわたしが没入して一著までものする尾形亀之助[*9]よろしげな後向きの脱力ぶりではないだろうか。むろんむこうが高踏派とするならば、こっちのほうは低徊派ではあろうが。

壊れたものが　もっとも静かに
壊れていくことをつづけていくようである。
私はもう世間に対して
さして意見をもたなくなった
そのときから秋になり
ちょっと降る雨がひどく冷たくなった。
…………
私は気にしているのである
あの破れたガラス窓が
破れた窓ガラスと向かい合って
もういっそう破れるより仕方がないような状況で
じっとしずかにしていることが。

（「破れたガラス」部分）

いやいったいどうこの詩を読んだらいいものやら。それらはどれもじつに不景気このうえない、まったくげんなり滅入ってしまうような、なんだって仏頂面をぶらさげたようなぐあい。なんだかへらへらと腹の皮がへこんでくるみたい。

あるいはそれは、どこか京都の昼なお暗い間口の狭い奥行きの深い町屋を偲ばせる、とでもいおうか。そこには静かでくぐもった顔の貧乏で無愛想、不機嫌な一家が息をひそめるように棲んでいる。病に臥してながく、咳き込んだりして。

六一年、五十二歳。一〇月、『クラスト氏のいんきな唄』（文童社）を刊行。じつは「この粗末なタイプ印刷の詩集を出したことで、長い精神の鬱血状態から放たれたようなほどよい開放感があった」そうな（本集については後述）。

六三年一二月、『しずかな人　しずかな部分』（第一芸文社）を刊行。ここではこの一篇「蠅」はどうだろう。

汽車の中で
あくびばかりしている人の隣に坐った
窓枠に一匹　蠅が死んでいた
隣の人は　あくびをし
死んだ蠅をプッと吹きとばした
それからまた　あくびをし

とめどなく　あくびをし
かなしげに　自分の掌を見ていた
それから　自然に　ゆっくり
頭を下げ
ふかく頭を下げ
ゆっくり眠りの方へ沈んでいった
眠ってしまったら
人はもうあくびはしないもんだ　と
私は思い
床を見た
死んだ蠅はそこに　じっと死んでいた。

いやこれでもってほんといったい何をいわんとしていることか。こんなふうにみたまま綴らんとする心のありようといったら。それにつけてもこんなものをどうして読みつづけていられたのか。そのときのことがいまも我ながらわからないのったら。なにあってこんな爺臭げなものに、あえていうならば先鋭的な周囲から落ちこぼれた田舎者の意地っ張りがするところ、どっぷりと沈湎していったものやら。なんとなしおかしさなかば思いだされてならないのだ。

へんてこりんなぐあいだった。どういったらいいか微笑まされていたのだ。なんや緩いったら、気が抜け、そんな「じっと死んでいた」なんて、力の無い、これが詩なんかと。なんてわかるように説明できそうにない。いうならばそうなのである。

それはそれこそまるきり正反対といってていいようであった。谷川雁は、天を駆け謳う。くわえてさらにまた「六〇年代詩人」もそういえようが。天野忠は、地を這い噛う。なにからなにまでもう畢竟《ひっきょう》別のもののごとくあったのである。

——なにやしらんずっともう凹みぱなしもよろしくあるよう……。


『動物園の珍しい動物』


一九六六（昭和四一）年、五十七歳。九月、『動物園の珍しい動物』（文童社）を刊行。天野忠の真骨頂。おそらくおおかたが挙げるにちがいない。天野詩、これをもって独自な世界を確立したとされる。ほんと正真正銘そのように打ち出していい代表詩集である。天野は、このことをもってそう、「六〇年代」の京都詩人の先行者、なりといっていいだろう。

ところで前述したが、これはこの五年前、五十一歳のときに同社から一五〇部限定で自費出版された『クラスト氏のいんきな唄』（その貴重な一冊を当方は大野から頂戴した）、それを改題増補（自装）

したものだ。それにつけてもこの一集にはよほど愛着があったとおぼしい。こんなにまでも年譜で述懐しているのである。「この書に未練たっぷりで未だに更なる改題増補版を出したい気持ちがある」。

ついでに言っておこう。じつはこの詩集についてこんな挿話があるのだ。あの三島由紀夫がどんな心意あってか、自身の吹き込みによるレコード化を企画。だが自刃により実現をみなかったと。

しかしなぜこれが画期の達成とされるのか。それはそこにひそかにある書法がこころみられているからだ。いったいどういうことか、巻頭におく「クラスト氏のこと」という序詞、まずはこれをみられたし。なんだかちょっぴり変わった掌篇小説っぽい趣をたたえるものだ。

「ある日、奇妙な外国人と夜店の古本屋の前で知り合ったことがある。顔色の悪い、頭の禿げ上がった四十年輩と見られる男で、一寸見には西洋人とはとれない貧相で不恰好な洋服を着て、しかも大きな下駄をはいていた」

おかしな外国人が奇妙なアクセントの日本語で漫画雑誌を値切っている。それを見ていた人見知りの「私」が何を思ったか、その男を誘って、近くの「びっくりうどん屋」に行き、うどんをおごる。そのうち世界の海を回る英国の水夫だという男はふと、「私」の買った古雑誌「日本詩人」を指さし、これは何かとくる。「ジャパニーズ　ポエット」と「私」が答える。それにこんなふうに聞きかえしてくるのだ。

「「キミハ、ポエットか?」

「ポエットになりたいと思う」

「ポエット　タイヘンムツカシイ　ポエット（だいぶん考えて）……クルシイ　クルシイ……」

彼は腕を組みまた解き、片手で頭をおさえ、胸をかきむしる仕草をして、彼のいう「クルシイ」さまを表現してみせ、何度も奇妙な抑揚の「クルシイクルシイ」を連発した。

……………

今度は私がたずねた。

「君はポエットか？」

彼は禿げ上がった頭の上で十字をきる真似をして、人の良さそうな、しかし少々下品な感じもする粗野で複雑な笑顔になり、そそくさと「maybe」と答えて眼を伏せた」

そして別れ際、自分の詩をタイプで打った十枚ほどのよれよれの便箋を「私」にくれる。名をたずねると、「クラスト」という。それを何日も何週間もかかって「ホンヤク」し終えて、「CRUST」という字が、ひょいと頭に浮かんだ。急いで辞引を繰った」として頷くのだ。

「あるある、クラストcrust――固いパンの片れ、あれである、つまりパンの耳という奴。あの誰もが敬遠する……――」

戦後、なぜかその詩がひょっこり出てくる。それでもうこの世にいないであろうクラストの詩集をつくろうと。それがこの『クラスト氏のいんきな唄』と題された粗末な本だという。この経緯と題名からも、これはいうなれば「偽翻訳《ブシドー・トラディクション》」詩集とでもなろうか。そのことで例示すればそう。あれあの有名なピエール・ルイス『ビリティスの歌』（一九世紀末、ギリシア学者であったルイスが「サッフォーと同時代の女流詩人の作品のギリシア語からの翻訳」と僭称して出版したギリシア風創作詩集）。それとおなじ仕立てなのである。

「偽翻訳」

つまりいわば詐詩なのである。だがこれが巧妙きわまりない。これからこの集ではクラスト氏になりきり。天野は、仮面を被るというか、それをクッションにして、自在に語りだすのだ。それこそ「長い精神の鬱血状態から放たれたようなほどよい開放感」をおぼえて。

大野は、ところでこの「韜晦」を「なまの「晩年」表白にたいする天野さんの羞恥」といっているが。さて、これがどういうものか。まずもって表題作「動物園の珍しい動物」をみられよ。

セネガルの動物園に珍しい動物がきた
「人嫌い」と貼札が出た
背中を見せて
その動物は椅子にかけていた

じいっと青天井を見てばかりいた
一日中そうしていた
夜になって動物園の客が帰ると
「人嫌い」は内から鍵をはずし
ソッと家へ帰って行った
朝は客の来る前に来て
内から鍵をかけた
「人嫌い」は背中を見せて椅子にかけ
じいっと青天井を見てばかりいた
一日中そうしていた
昼食は奥さんがミルクとパンを差し入れた
雨の日はコーモリ傘をもってきた。

天野 忠

どんなものであろう、なんともそこは京都岡崎のそれでない、「セネガルの動物園」というのである。それだけでもちがう。
天野は、ここでまったくクラスト氏になりきっている。なりきって興の趣くところ、エクアドル、モルッカ海峡、リスボン、ギリシア、などなど旅して回るしだい。そうして寓意性に富むユーモラスな詩作品を綴っている。しかしそのような芸当がどうして可能になったものか。
じつはあえてここまで俎上にしてこなかった。しかしそのさき小説家志望だった青二才時分から現実逃避的ならぬ止揚的便法としてといおう。ずっとこのような翻訳《ホンヤク》をこころみているのだ。
たとえばつぎの詩集『重たい手』のこの作「何故」などはどうだ。

——そのとき学校の屋根の上で鳩が低い声でクウクウないた　ドーデ「最後の授業」

そのとき　遠い空に鈍いひびきがふるえ
みるまに轟然とふくれあがり
そいつは
学校の屋根いっぱいのつばさとなった
中学生の読むリーダーの声がふっ消され
首を縮かめて　みないきをのんだ
グァーッと莫大なひびきで　いつものように
教室は揺れた

やがて
とぎれた生徒の言葉を補うために
先生はしずかな声で“why”と云われた。

これなどここまでみてきた作とはまるで違うもののようではないか。くわえてこの種類のものでは紙幅の関係でここに引用しないが、やはり『重たい手』所収の詩「ドイツからの手紙」がある（これには「ケストネル「現代の寓話」による」と付言されている）。さらにまた同様にナチスのジェノサイドを素材にする詩「村で——」（『しずかな人　しずかな部分』）ほかがある。

天野は、その若い日から古本漁りに精を出した。そうして手に入れたボードレールやヴァレリイやプルーストを貪り読んでいた。その関わりで『動物園……』について言えば、ヨアヒム・リンゲルナッツ『運河の岸邊』[*10]（訳・板倉鞆音《いたくらともね》）からの翻訳《ホンヤク》らしき痕跡がみられるのだ。まずはこの訳者板倉鞆音（一九〇七〜九〇年）の「まへがき」はどうだ。

「君は僕の詩を訳したいと言つてゐたさうだが、僕の詩は非常に難しい。」
と、ヨアヒム・リンゲルナッツは言つた。それからこの詩人はくだけた調子で色々な話をした。

…………

船乗りだつたころ世界中随分方々へ行つたが日本だけは行く機会がなかつた」
などなどと吹聴する詩人との出会いがあって、引用は控えるが訳書を出すに至った経緯におよぶ件、このあたりはまさに「クラスト氏のこと」と瓜二つもいいのである。

このことの繋がりでいえば、天野に師事したドイツ文学者・詩人玉置《たまき》保己《やすみ》（一九二九〜九七年）が、つぎのように書いておいでだ。これがいつかある日の電話で天野が話したこととして。

「あの訳詩集（註：『運河の岸邊』）が出て、ほんまに助かりました。わたしは、リンゲルナッツて、どういう人か知らんし、ドイツ語も読めん。訳を読んで感心したのやから、板倉さんの訳文に感じ入ったということになるのやろけど、詩をつくるこつを教えられたと思いました。たちまち読者の心をとらえてしまう、気軽で、面白くて、それでいて深みのある、理屈でなくて、しかも、うがったところのある詩、わしもこんな詩を作ってみたいという食欲をそそられました」[*11]

天野は、リンゲルナッツから「詩をつくるこつを教えられたと」までおっしゃっている。「気軽で、面白くて、それでいて……」以下、これはそっくり天野詩にいえることだ。

それはさて大野新の評言をみると、「天野さんの作品には、いわゆる字義難解な部分はありません」、として表題作を俎上におよぶのだ。

「しかし、こうして、人間嫌いと人なつっこさが背中あわせに同居し、孤独の顔をさらす一種の顕示衝動にかられている人間、私たちの中にもいるこの人間は断固として難解です。このなかにある笑いは痛烈ですが、それは私たち自身の恥部にふれる笑いだからでしょう。こういう到達からみれば、ロアルド・ダアルやサキの短篇にみられる笑いと似ている部分はあるのですが、彼らと根本的にわかれるのは、天野さんは人情作家であるということでしょう。おそらく日本では稀有の域にきた貴重な人情作家でありましょう[*12]」

なるほど、いや「人情作家」とは、なっとく。それにくわえていえばあの戦中は自閉期の「落語や寄席芸」への沈湎が花開いたといえるのではないか。まあこれが良い詩集なのである。ほんと何度も読んでも。ちなみにこんな一篇「りんご」はいかがだろう。

黒ん坊のウイルメイズの
台所に
ほんのちょっぴり　陽がさす
りんごが一つ
頭の腐りかかった奴なんだが
あいにく　そこに
陽の舌がじゃれつく
りんごが吶鳴った

——どいてくれ　痒くてたまらんよ
　そこんところが
——辛抱おしよ
陽の舌が云った
——好きでしてるんじゃなし……。

上手い。舌を巻く。手練だ。

いっけんさらりと軽妙にみせてはいる。だがなんともどうにも生きる余儀なさ、また哀しさ可笑しさをそれとおぼえさせる。いやほんまなんたる手腕ではあるだろう。

これぞまさに「自身の恥部にふれる笑い」の格好の見本としていい。わたしはその詩についてこんなふうに書いたことがある。それこそ「京言葉の奥行きでいう「はんなり」仕上がっていて「いけず」でもある微苦笑の世界」[*13]であると。

「はんなり」と、「いけず」と。これはまたちょっと趣が変わるだろうが、「ほっこり」と、「いちびり」と、いうふうにも言い換えてもいいだろうか。ただしそこいらの絶対矛盾的なる複雑さは純粋京都人にきかれたくある。わたしとしては述べたかったのだ。いうならばこの際の微苦笑とは憤怒をこそ内攻させた表現法の謂なのであると。などとはしかしとても理解できるような説明にはなっていなさそう。

「あんなぁへ」

天野詩は、軽妙ではあるが生易しくはない。ついては以下のような助けになる挿話がある。これがまた大野が綴っておいでなものだが、こんなところにその詩の成り立つさまがみえるか、そのゆえんを伝えて見事というほかない。詩人はむろん単純でありえない。そこには複雑な精神がする、きわめて信屈な手続きがある。

あるとき関西の詩人たちが西脇順三郎氏を迎え南禅寺の庵で会合を持ったとか。このとき庭を前にして「江戸っ子気質」の学匠詩人に向かって天野さんが口を開いたそうな。

「京都弁では、話す前にあいてに、『あんなぁへ』といいます。『あのね』というような、せきこんだいい方とはちがって、これから話しますが、あなたは心の用意ができていますか、よろしおすか、とあいてに構えをうながす発想です。庭でもそうですな。いきなりずかずか来られる裸のつきあいはかなん。一歩さがって縁にひかえてもらって、しずかにみていいてほしい。あくまで一定の距離をとってもらいたい、というのが京都人気質ですわ」。といってやおら進言されたそうな。「庭は便所の窓からみるのがよろしいな。庭が油断してますさかいに」

名園をみるには、便所からがよし。この距離の取り方、この目線の定め方。庭が油断するような、機微に通じること。そこから大野はおよぶ。

「……この会話の妙、芸的な仕上げと、導入部の神経質で病的警戒的な内容とは、そのまま天野忠の詩の成長過程なのである。

天野忠には、二つの恥辱の時期があった。はじめの恥辱は天野忠をせまく鋭くした。二度目の恥辱は、彼を大きく、皮肉でかつ心やさしくさせ、芸の力を練りあげさせた。

前者は、若年からの病気や赤面恐怖症などの生理的条件であり、後者は、同人雑誌仲間が全国にさきがけて特高警察にあげられたころから筆をおった、ながい沈黙期間である[*14]」

ここは重要な節目である。そこで註をする。前者は、いうまでもなく「天野忠ではなく、天野患であった」とおどけるほかない生来の病弱ぶりをいう。後者は、さきにふれた「リアル」同人検挙によって神経衰弱になったことだ。

虚弱、気弱。あろうことか官憲が怖くてたまらず詩筆を断ってしまうと。まるっきり格好良くなんかない。だけどその「恥辱」こそが、天野忠をして並大抵でない、ほんまもんの詩人にした。あえて「芸の力」と言わしめるほど、そこに載る詩を練りあげたのだ。ここでふたたび「クラスト氏のこと」をみてみたい。

「ポエット　タイヘンムツカシイ　ポエット（だいぶん考えて）……クルシイ　クルシイ……」

クルシイ　クルシイ……。大野は、じつはこの間の苦悶についてまた天野から耳にしている。今度は名園ならぬ、あそこ肛門の一席。

「君、ね、尻《けつ》の穴の小さい人間っていうのは、ほんまやな。ノイローゼやと、坐るときでもお尻を動かして内へ内へお尻の肉を揉むようにしよる。われ知らず穴をせばめよんね」。そしてこの尻の話を引き言うのである。「この自己観照から辛辣なユーモアまでの、弱者にとっては実にはるかな距離が、天野忠の想像力のはばであるように私には思える」[*15]

「われ知らず穴をせばめよんね」。いやっほんまこの気持ちよくわかるわ。というところで話をこちらに振ることにする。

ポエットになりたいと思い募るノイローゼのやつのことだ。いったいどうしたら詩を書けるようになるか。このころわたしには何も湧いてこなくなっているのである。

それはそれなりに頑張ってやるのだった。ノートに鉛筆で詩らしきもの、のちに第一詩集『惨事』に収まる草稿のたぐいを、だらだらと書き散らしつづけた。だがどうにもひどい出来でしかないのだ。

だいたいそれまでまったく詩など書いたことがないのである。そんなどうしたってすぐにも行き詰まるのはあたりまえだろう。

昶は、いっぽう流れるように、一日一篇、さっさと書いていた。そのうち詩のみか批評にも意欲をみせ始めるのだ。これまた大野の導きで、当時いまだ無名に近い詩人に打ち込んでいた。大野が天野忠とともに「弱さとその位置へのリゴリズムが批評の母胎となった詩人として、おそらくもっとも対照的にあらわれた」[*16]とする、いま一人の詩人石原吉郎に。

ところで石原といえば、いつか大野をまえに、ふいとこう言明したとか。「天野忠の詩は、ぼくは嫌いです」[*17]。石原の詩は断言だ、いっぽう対照的なことに、天野の詩は韜晦だ。石原の拒絶は当然だ。石原は、苛烈なラーゲリを体験。天野は、戦中にノイローゼで屈託。あまりに違いすぎる。

それはさて昶はというと詩が溢れるばかりだった、しかしそんなものがあるとしてだが、わたしの詩心はすでに涸れ切ってしまっていた。そうして書けなければ書けなくなるほど、どんどんと天野詩にのめって、離れるにも離れられなくなるのだった。するとなお二進も三進もいかなくなる。

クルシイ　クルシイ……。なるほどその詩に毒らしい毒は無さそうである。そうなのだがその深くにあるのだろう微量の不明な物質がじんわり効いてくるぐあい。ますますもって抜き差しならなく、なんだって病み呆けたようになる。

ぜんたいこの状態は明朗なものでない……。現実逃避、老人憧憬よ。わたしはそのように自嘲するしかなかった。戦線離脱、低徊趣味な。まるでもって胡乱な沈湎もいいのでは……。

だけどわかっていてこんな詩「問い」をながめて、へらへらと腹皮をくぼませているしまつだった。

サクラメント市の
インデアンアベニュの
A・ジャドソン氏の家の
地階にある物置場の
水道の蛇口の
ま下で
とつおいつ
なめくじが考えごとをしていた

どうして
わしは
生れてきたか？

『我が感傷的アンソロジイ』

『動物園の珍しい動物』、みてきたとおり、天野忠の到達点、そういっていい。わたしはこの薄い詩集を手放し難くしていた。天野は、そしてこののちも律儀に詩集を上梓しつづけるのである。

一九六八（昭和四三）年、五十九歳。六月、詩集ではなく初のエッセイ集『我が感傷的アンソロジイ』（文童社）を刊行。これは長年の同志で同社社長山前實治の個人誌「詩人通信」（六一年二月発刊週刊誌大四頁）の連載稿からなる。これがいかなるアンソロジイではあるのか。はたしていかような詩の華が編まれているのか。まずその顔ぶれから。

倉橋顕吉、武田豊、福原清、安藤真澄、荒木二三、井上多喜三郎、山村順、……。などなどという、おそらくは今の詩人などは名前も存じないよな、おひとばかりだ（かくいぅ当方も二、三を除き同様であるが）。みなさん天野と詩作を倶にしてきた、閉鎖京都系詩的交友圏、なつかしの面々の肖像を描いたものだ。

「この中には、所謂「世に迎えられず」に逝ってしまった人が多い（行方不明の人もいる）。その人達の鎮魂歌にこの本がなろうとは今も思わない。私の持ち前の感傷的症候群が、ひとりよがりに書き散らした、まことに身勝手な感傷的駄文にすぎないであろう」（増補新版「あとがき」[*18]）

そのようにはいうが「感傷的駄文」などではありえない。なんといおうか天野の「いけず」がスパイスになっていて食感のよろしきこと。そのどれもが「身勝手」どころか微苦笑ふくみの「鎮魂歌」になっている。しかしここではこんな内容紹介程度にとどめておくことにする。いうたらそんなあまりにも閉鎖京都系的にすぎようからである。

ところでここまで、いまもまだだが定義なしで閉鎖京都系という用語をもちいてきた、そこでいっておこう。じつはこれはもっと正しくは京都近江詩人連合とこそ呼ぶべきものだと。『我が感傷的……』に収載のまあ全部がこの連合のみなさんである。京都と、近江と。いわずもがなその接着剤となったのは、ほかでもなく大野新をおいてない。大野は、守山に住み、京都に通う。そのうえなにしろ双林プリントにおいて京滋の詩集詩誌の出版のおおかたを手掛けているのである。

それはさておいてついでである。ここでひろく戦後関西の詩の情勢地図をひろげてみる。するとどんなふうになっているか。

まずは大阪である。大阪は、戦前から戦後にかけ、一貫して小野十三郎の牙城である。じつにその影響力たるや圧倒的なものがある。五〇年代、小野を囲む若い詩人たちのグループ「夜の詩会」が発足、膝下に「山河」（浜田知章、長谷川龍生、井上俊夫、富岡多恵子ら）、「ヂンダレ」（金時鐘、梁石日ら）、などの同人誌、サークル誌が発行された。六〇年代には「ポエム」（福中都生子）、「移動と転換」（倉橋健一）などのグループが誕生、くわえて地道な大阪文学学校「新文学」の活動もある。

つぎに神戸である。神戸は、もともと異国文化の花咲く海港都市であって、その風土をもっともよく体現した代表的なモダニスト詩人に竹中郁、杉山平一らがいる。ほかに「VIKING」（富士正晴、島尾敏雄、井口浩ら)、「たうろす」(小嶋輝正、多田智満子、安水稔和ら)、「輪」(中村隆、伊勢田史郎ら)、「海」(岡田兆巧、鈴木漠ら)が旺盛な活動をみせる。

大阪、神戸、だけどもこの二都市はともに京都圏とはまず没交渉だったらしい。じっさいのところ天野のさきのアンソロジイに登場する圏外の詩人はというとひとり竹中のみというのである。ついでながら杉山の戦後の関西詩壇を通覧する著述[*19]をみても、まったく天野どころか京滋の詩人ひとりの名前もないのである。

上方文化といっても、一律でなくそれぞれ別個、三都分立でこそある。

ノイローゼの俘虜

『動物園の珍しい動物』、つぎはそのあとの詩集についてである。

一九六九年一〇月、詩集『昨日の眺め』(第一芸文社)を刊行。じつはこれは当方が京都で手にした最後のというか最も新しい天野の詩集なのである。これも大野から頂戴した。しかしどういおう。わたしはどうにもこの詩集には深入りできなかった。

一集は二部仕立て。一部「昨日の眺め」。どういうかここに収められる詩をどうにも読めなかったのである。ここであえて引かないが、それはこれまであり得なかった家庭の仕合わせが詠まれているからだ、これはちょっと戴きかねた。まったくいったい「奇妙、なんとも凹(へこ)んだ感じのする、後味」はどこへいったか。このことのつながりで生意気を承知でいえばそうだ。このときわたしの主題としようとしていたことは、家庭の不幸、というかそのうちにひそむ惨劇でこそあったからだ。

二部「あどけない旅」。しかしこっちのほうには唸ってしまうほかなかった。ここには一四篇を収めるのだが、物見遊山の旅から、人生愛別の旅まで、どれもがじつに天野色の濃いものだ。そのぜんぶを引用したいが、ここでは一篇「唄」にかぎろう。

泥水のような温泉の湯を
小さな杓ですくい
頭にかぶっていたお百姓さんは
かなしい唄をうたった。
かなしい唄をうたいながら
泥水のような湯を
自分の頭にかぶった。
夜　私は
だらだらと魚くさい道を歩いた。

ふんどし一つで
漁師は夕涼みをしていた。
宿への道を聞くと
ここは賑やかな通りじゃで町方衆は迷いなさる　と
ふんどしをゆすって笑った
海が見え
海はどんより　うずくまって
テラテラと波の白い膿をたらした。
この臭いから
あのかなしい唄が湧くのだ。
私は浜木綿の傍をまわり
宿の裏から入った。
調理場で老婆が下駄を洗っていた。
そしてかなしい唄は
老婆の水びたしの下駄の間からも
きこえた。

これをいかに読まれるだろう。わたしにはこの一篇となると思い出される小品があるのだ。それはのちに知ったものだが。

柳田國男「清光館哀史」(『雪国の春』一九四〇年 創元社)だ。子供に聞かれて、父親は答えている。「おとうさん。今まで旅行のうちで、一番わるかつた宿屋はどこ。/さうさな。別に悪いといふわけでもないが、九戸の小子内の清光館などは、かなり小さくて黒かつたね」三陸海岸の小さく鄙びた漁村小子内《おこない》。最初の訪問は、大正九(一九二〇)年、八月一五日。「盆の十五日で精霊様のござる晩だ。活きた御客などは誰だつて泊めたくない。……。それでも黙つて庭へ飛び下りて、先づ亭主が雑巾がけを始めてくれた」

それから六年後のことだ。再訪するとなに、当の「亭主」はこの間に海難で亡くなっていて、一家はばらばら。「もう清光館はそこには無かつた」。とふと耳に甦るのだ、あのとき盆の夜の浜辺で女等が歌い踊っていた、「あの歌は何といふ」と。きくとうちの娘のひとりが歌ってくれるのだ。「……遣瀬無い生存の痛苦、どんなに働いてもなほ迫つて来る災厄、如何に愛しても忽ち催す別離、斯ういふ数限りも無い明朝の不安があればこそ、/はアどしよそいな/と謂つて見ても、/あア何でもせい/と歌つて見ても、依然として踊の歌の調は悲しいのであつた」

なにヤとやれ なにヤとなされのう……。「しよんがえ」のリフレーン。それをきまって、わたしはこの詩「唄」にきく、ようなのである。ひょっとして読書魔の天野はこの小品を「偽翻訳」したのではと。

ところでここで横道することにしよう。それはのちに当方が漫画家つげ義春と知り合い東北地方を中心に秘湯探訪の旅をしたことだ。たしかつげがこの旅詩のファンだった。つげの紀行「オンドル小屋」にある。

「……蒸《ふけ》ノ湯は、地の果て旅路の果てといった観がある。オンドル小屋でムシロを敷いて毛布にくるまっている細々とした老人をみると、人生のどんづまりを見る思いだ。／売店でムシロと毛布を一枚二十円で四枚ばかり借りて寝る。地面から噴き上る蒸気でムシロはびっしょり濡《ぬ》れる。／大勢の観光客が棟内を覗《のぞ》きに来て、豚の鳴き声を真似《まね》て「ひでえな豚だ豚だ」とあざ笑い、大声で歌を唄《うた》って行ってしまった」（『旅日記』一九八三年　旺文社文庫）

＊　＊

一九七〇年一二月、詩画集『孝子傳抄』（絵・富士正晴　文童社）刊行。A5判、一四頁。三〇〇部・非売品。これが当方の浅知恵など絶対埒外にある、中国伝説を換骨奪胎、つまり「偽翻訳」した面目躍如の一集なのだ。むろんもちろん天野の潤色はいわずもがな。じつになんとも富士の磊落な墨絵が素晴らしいのである。いまここにその一篇だけでも絵とともに引こうには紙幅がないのは残念しごくであるが。

それはしかしである。いったいそこらの感情の推移をどういったらいいか。このころどうしてなのだろう。なぜかもうまったくその詩を読めなくなっているのだった。われながらわけがわからない。それこそいうところの瘧《おこり》が落ちたとでもいうことなのか。どうやらつぎのような環境の変化がひびいたようだ。こんなぐあいである。

わたしはもう詩とは遠くなっていた。それまでただ一人の詩の仲間であった昶は大学を横に卒業して六六年夏には関東に下っているのだ。そうなると張り合いもなくなり、そんな書きたくもなく書けなく、なんとしても筆が止りがちだった。それでなにをしていたか。ノートを打っちゃってしまって、もっぱら、デモへ向かっているのである。

六七年七月二日、佐藤首相訪韓、四国首脳会談。

佐藤訪韓反対！　キャンパスのあちこちにでっかい独特の略字体の迫力あるタテカンがめぐらされる。マイクがつづけざまがんがんと独特の京都訛りの抑揚でボリュームいっぱいがなりわめく。首脳会談阻止！

ときにベトナム戦争は拡大し泥沼化の一途をたどっている。この年一月に米海兵隊は南ベトナムのメコンデルタに進攻開始。米国務省はベトナム参戦の軍隊は四万三千人と発表。なんと朝鮮戦争最盛時を上回る数字である。しかるに日本政府は安保堅持の立場から加担を表明するのだ。

こうなるとなんとしても事なしではすまなくなる。もともとわたしらの大学はというと自由自治の気風が強く学生運動のほうでは突出したところである。そのようにいわれても、それが何者なのか、まったくもって承知すべくもないのだが、こういうことらしい。なにしろあの六〇年安保で勇名を馳せた関西ブント（共産主義者同盟）らがその上部においでになると。

「虎は死んで皮を残す、ブントは死んで名を残す、そういわれた六〇年のつわものら、アンポを戦った生き残り、剛の者がなお力を握る」

そこらのよくわからない裏の話めいたことはさてとして。このさきの北爆はもとより原潜のときも過激にやった。そのたびそのつど全学ストをうち街頭デモを貫徹しているのである。それからしばらくニュースが飛び込んでくるのであった。

六七年十月八日、佐藤訪越阻止羽田闘争で京大生山崎博昭死去！

「機動隊、京大生を撲殺　死者一、不明一、負傷八百、逮捕五七　全学連　首相訪ベト阻止で激突

8日・羽田

【八日十九時東京本紙取材班】……。午前十時頃、弁天橋では、装甲車を捨てた機動隊と学生の間で、装甲車を間に押し合い、数の多かった機動隊に負け逃げた学生のうち、逃げ遅れた学生ひとりが機動隊の警棒で撲殺された。死亡したのは京大文学部一回生の学生山崎博昭君で、……

きょう緊急追悼・抗議デモ

京都府学連は、機動隊に撲殺された京大一回生山崎博昭君の追悼の意を含めて、本日及び十日に抗議集会を行なう。……」（「同志社学生新聞　号外　一九六七年一〇月九日」）

ときにわたしはデモの同伴的参加者にすぎなかった。新聞紙上でいわれる一般学生。そんな半端なやつ。だけどもこの殺戮には権力憎悪を心底からおぼえる。このとき羽田に呼応して京都でも数千の学生らで騒然とした。むろんのこと当方も都大路を渦巻く大蛇行のなかにいた。デモはいつにもまし大荒れに荒れ機動隊は容赦なく警棒を振るいつづけている。あれはそのいつだか、じつはわたしは警棒で殴られて幾針か縫っているのだ、いいようにやられて。

一般学生の文弱野郎、かくしてこのときを機にデモからは離れてしまっている。そうしてもうずっと心身に不調をおぼえ嵐山の下宿にとじこもるのである。どうにもひどい躁鬱のどんつき、ノイローゼの俘虜みたいだった。

『天野忠詩集』

天野忠。みてきたように閉鎖京都系の長老詩人でありつづけた。首都に足を向けることなく、生涯、古都に侘び棲んでいる。まったくもって頑固一徹な地方詩人《ローカル・ポエット》できたのである。

しかしながら長く生きていれば何が起こるかわからないものだ。わたしはそのときにはもうすっかり天野離れをしてしまっていたものだが。だがなんともにわかにこの人にスポットライトが当たることになるである。

一九七四（昭和四九）年、六十五歳。一〇月、全詩集的な『天野忠詩集』（大野新編・解説　永井出版企画）刊行。既刊一二詩集、未刊一詩集、収録。菊判五五〇頁の集成。

じつにこの大冊がときならず大評判となったのだ。まずはかの田村隆一の帯文の「推薦之辞」が素晴らしかった。つぎのように惹句もよろしく大絶賛するのだった。

「人間存在のグロテスクを、かくも高貴に、かくも豊かで深いユーモアの感覚で表出した詩的世界を、ぼくは知らない」

そしてこれがニュースな事件となっているのである。このとき読み巧者として名高い作家丸谷才一が朝日新聞文芸時評において全段を費やし称揚したのだ。こんなふうにもうほとんど手放しになってするように。

「天野忠詩集は一九七四年の最高の詩集である。もいちど言う。これほどの詩人を今まで知らなかったことをわたしは恥じた」（一〇月二八日夕刊）

などとそんなことはしかし、どうでもいいはなしなのだが。天野は、この詩集で無限賞を受賞、翌七五年三月の授賞式に大野と同道し上京する。このときわれらが長老を祝い在京の清水哲男・昶兄弟と小生の三人も駆け付けているのである。

じつをいうとそれが天野とのはじめての面通しだったのだ。それまでずっと大野にきくだけの詩人はというとどうか。のっけからなんや驚きびっくりである。詩人天野忠と、「寅さん映画」のご隠居さん、俳優笠智衆と。なんともなんと似ているのである。そのたたずまい、小柄な体軀、微苦笑、穏和な風貌、まるでそっくり。それでへんなことを考えているのだった（そういえば天野の中学時代の渾名は若年寄だったやら）。そんなありえへんやけど、両人ともなんや生まれつきの老人、やったりするのでないかって。このことに関わっていうと、のちに哲男が笠智衆について書く際に天野忠の詩「廊下」（『その他大勢の通行人』一九七六年　永井出版企画）を引いて論じている一文[*20]を偶然目にしたが、いやこれが笑えるものだった。

能面の「はんなり」したそのウラ、ときにそこにそれとなく、チラとのぞく「いけず」な表情。このとき清談の末席につらなって、ひとかたならず詩集出版に尽力した哲男や昶らとともに、いったい何事が話題だったものやら。わたしはというと、ただもうただ頷くばかり、大野の観察にある「会話の妙、芸的な仕上げと、導入部の神経質で病的警戒的な内容」から「天野忠の詩の成長過程」なるものを探るようにして、ひとりごつていた。

こりゃかなわんな、ちょっと手に負えへんわ、いやぁどないも。

ようやくのことその詩が広く認められるにいたった。以降、天野は堰をきったように詩集を出しつづけるのだ。また含蓄あるエッセイも刊行する。むろんそれは喜ばしいことだ。だけどそれこそ熱烈天野マニアの天野邪鬼というものだろう。そうしてだんだん詩人が迎えられるにつれ、おかしな言い掛かりだが、わたしはちょっとだけ残念な気もしてくるしまつだ。
というぐらいが、ともあれこの『天野忠詩集』についていえる、こととしたいが。それではなんなので収録の近作未刊詩集『音楽を聞く老人のための小夜曲』から一篇「幸福よ急げ」のみをあげてみたい。

散歩しまひょうか
含み笑いで
女房が云った。
所帯をもって三十何年にもなるが
まだわしらは一緒に……
そうか　そうか　亭主はうなずいた。
取り敢えず
近くの山の端を散歩した。
山のはしには
ススキがすこしと
黄色い豚草のむれと

捨てられた乳母車とがあった。
しずかな汚れた池の傍で
背の低いアベックが
たこ焼をたべていた。
あれはまだ食べたことあらへんわ
口惜しい声で
女房が云った。
そうか　そうか　亭主はうなずいた。
「そんなら今度は
　たこ焼やなあ」
そう云い合って
にっこりして
老人たちは散歩した。

なるほどこの仕上がりのよさ。しかしこれをどう受け入れればいいものか。このとき自身が心身混迷のきわみにあって、とてもじゃないが「そんなら今度は／たこ焼やなあ」いうような、ほっこりとした老人夫婦の散歩につきあっていられない。なんていうふうに撥ね付けるようなぐあい。なんとなしだが拒絶ぎみだったが。

それはさてひるがえればおかしいかぎり。なにやら多く八方塞がりなとき、いつもこの好々爺の詩があった。いまとなってはわがことながらわからない。

ほんとしかしどうして。なんでそんなにも入れ上げてしまったものか。当方がつねにする不適格者であるという自覚、日々につよくする無能非才ゆえにおぼえる佶屈。そんなことがその詩に近づけることになった。おそらくそうなのだろう。

わたしはいつも思いを新たにするのだ。いかなるときも耳を開いてきくべきは、いやあのなめくじの、「どうして／わしは／生れてきたか?」（「問い」）、というようなどうにも、くぐもりがちなか細い声ではないかと。いまそのように書いて思いだしたのだ。

これが適当かどうか。その耳の関わり、でもないが手許に『耳たぶに吹く風』（一九九四年　編集工房ノア）なる随想集がある。これが面白いのだ。

一集は「古いノートから」と「自筆年譜」の二部仕立て。まずもって、この「古いノートから（一九七六～一九八三年）」として二〇四の短章を収録する。これをみよう。（　）内は章番号。

（十）

近所の幼稚園児のヨシオ君のはなし。

――ミンミンという蟬もいるしシンシンも居るし、ホッホッという蟬もいるんやぜ。ホンマやぜ。
（二十）
陽がよくあたっている子供の滑り台の上をスルスルと滑っている乾いた雑巾の夢を見た。
（四十六）
ごみを捨てに行って、ごみ捨て場で倒れ、ごみのように死んだ人がいる。
（五十）
健康の置土産は老醜である。
（九十一）
羨君有酒能便酔　羨君無銭能不憂
酒のんで直ぐ酔っぱらえる君はいいね
いやそれより
金の無いのが苦にならんとは羨ましいね
（九十八）
太田垣蓮月尼の手紙――とかく人は長生をせねばどふも思ふ事なり不申、又三十にてうんのひらけるもあり六十七十にてひらく人も御座候事ゆえ、御機嫌よく長寿され候事のみねがい上まゐらせ候……。

いい手紙というものは、ゆっくりしたリズムをもっている。のびやかで健康である。

（百四十四）

自分の傷あとに絆創膏を貼ってから死んだ人。

（百八十二）

夏バテ冬バテ春秋バテて死に果てる。

いまここに気ままに引いた切れっぱし。いやこれぞまことの天野忠の老熟味とでもいうべきしだい。なんとも軽くて苦くて切ないかぎり。

ごらんのように上手に老いておいでだ。そしてしぜんに七十になり、やがて八十にもなっている。ことのついでに「自筆年譜」をみることにする。

「〇八九年（平成一）

この年の二月、詩集『万年』（註：生前最後の詩集）編集工房ノア刊行。

日記から――六月十八日。今日で八十歳になる。おかし。

十二月二日。曇。少し寒い。幸田露伴そっくりの老人が、風呂の中で立ち上がりまことに大きなペニスをごしごしと手荒く洗っている夢を見た」

こりゃほんま「おかし」すぎるよな。ところでわたしはその晩期になるとよく承知していないのである。ずっともう長年にわたる波風立ちやまぬ私事にかまけて。でもみるようにどうやら老後はおおむね仕合わせであったらしい。なにしろ「ペニスをごしごしと」なんやから。

「○九一年（平成三）

車椅子の輪の冷たさや日記始め。物忘れのはげしさに驚くばかり。……。

日記より――六月十八日、八十二歳になる。何故かおかし。どうしてこんなに長生きしたか？

弱かったから」

そんな「弱かったから」やって。そういえば大野が書いていた。さきにそのあたりを「弱さとその位置へのリゴリズム……」なんていうふうに。いやぁ「何故かおかし」いやって。

「○九二年（平成四）

日記から――一月二十七日。晴天。風もなし。野良猫がブロック塀の上をゆっくり歩いて行く。ガラス戸越しに車椅子のわたしの眼と眼が会う。……。

結婚祝いに貰った柱時計がこのごろ急に進み出した。十分進んだり十五分も進んだりする。それでも忠実にコッチンコッチン働いて間違った時を知らせてくれる。あれからもう五十三年にもなる。辛度いことならん。それが私にはようよく分かる」

そしてしばらくその刻がきているのである。『動物園の珍しい動物』の最後にある一篇。それはさながらこの詩「あーあ」のごとくあったか。

最後に
あーあというて人は死ぬ
生れたときも
あーあというた
いろいろなことを覚えて
長いこと人はかけずりまわる
それから死ぬ
わたしも死ぬときは
あーあというであろう
あんまりなんにもしなかったので
はずかしそうに
あーあというであろう。

九三（平成五）年一〇月二八日、天野忠死去。その訃に思った。なんやほんま「はずかしそうに／あーあ」というてから。享年八十四。

ありがとうさん、忠長老、ごあんじょうに。

＊1　拙文「あーあ　どうして　わしは　うまれてきたか？　天野忠」『脱力の人』（二〇〇五年　河出書房新社）。天野以下、尾形亀之助、鈴木しづ子、辻まこと、つげ義春など、七篇収録。
＊2　「年譜」『木洩れ日拾い』（一九八八年　編集工房ノア）。編集工房ノア（社主、涸沢純平）は、一九七五年、創業。主に関西を中心に活動している作家や詩人の文芸作品を出版。天野忠のほか、大野新、河野仁昭などの詩書を手掛ける。
＊3　『伊東静雄全集』書簡（一九六一年　人文書院）
＊4　「背なかまるめて死んでゆくのだし――天野忠の失語期前後」『砂漠の椅子』（一九七七年　編集工房ノア）以下、大野の天野評は同書より。なお別掲の評は註記する。
＊5　「天野忠の出発と『リアル』」『天野忠さんの歩み』（二〇一〇年　編集工房ノア）
＊6　『天野忠詩集』（大野新編・解説　一九七四年　永井出版企画）、以下、引用詩は同書より。永井出版企画（社主、永井勇）は、六〇年代後半から詩書出版に関わり、清水哲男・昶兄弟との交友から、兄弟をはじめ、天野忠、大野新など京都の詩人の詩集を相継ぎ出版。
＊7　「圭文社と「リアル書店」」「天野忠さんとコルボオ詩話会」『天野忠さんの歩み』前掲
＊8　「天野忠の世界」
＊9　拙著『小説　尾形亀之助』（二〇〇七年　河出書房新社）

＊10 『運河の岸邊』（ヨアヒム・リンゲルナッツ　訳・板倉鞆音　一九四一年　第一書房）
＊11 「ゲーテの頭」、『ゲーテの頭』玉置保巳（一九九四年　編集工房ノア）
＊12 「京都人気質のわかれかた」
＊13 拙稿「まだわしらは一緒に……」（『詩人の愛』二〇〇二年　河出書房新社）
＊14 「天野忠の京都人的表現」
＊15 「天野忠の世界」
＊16 「背中まるめてひとりで死んでゆくのだし――天野忠の失語期前後」
＊17 「「位置」の位置」
＊18 『我が感傷的アンソロジイ』天野忠（一九八八年　書肆山田）
＊19 『戦後関西詩壇回想』杉山平一（二〇〇三年　思潮社）
＊20 「親子映画のヒーロー」清水哲男（『ダグウッドの芝刈機』一九七八年　冬樹社）

大野 新

引揚者

大野新は、ときの京都の詩的交友圏の要石として、清水昶や当方ら若造の詩人志願者の参謀であった。わたしはこの人の近くにあって、あまりにも多く学んできたのだ。いったいどう振り返ったらいいか、どんなふうに何から書いたものやら。

一九六五年秋、それが最初だった。「はじめに」でも書いたがその一一月、昶と二人で詩誌「００５」を創刊している。わたしらが世話になろう小さな印刷屋は市役所の近くにある町家であった。双林プリント（中京区御幸町御池上ル）。そこにわれらが参謀はいたのである。

　西陽がさすなかで
　高速輪転機が

まわっている
…………
印刷工は
啅ぎらいのガンマンのように
表情乏しく
猫背で
無聊な手をたれている

（「写真」部分　『続・家』[*1]）


「この写真の男をある日のわたしだと／いえばいえようが」とつづく。

いやほんとまったく初印象はここにあげる詩行そのままニヒルっぽい雰囲気をただよわせていた。なんというかその笑い顔がちょっと怖くてとても口も利けそうになかった。このとき当方、十九歳。大野、三十七歳であった。それでわたしはというと、そのときから「啅ぎらいのガンマン」にくらくらと、なってしまっているのだ。まるでそのガンで土手ッ腹にズドーンと一発ぶち込まれたようにも。ついでながら昶もおなじように思っていたらしい。

「痩せぎすで長身、低い声、人の心を見ぬくような眼の輝きはロシアの小説の中の登場人物を想わす風貌である」[*2]

それでこのときからはもう往来をしげくするのである。べつにとくにこれと用もないのに昶らとともに、仕事の引け時を狙い双林プリントに顔を出し近くの茶店へ、そうしてなんだかんだ話しこんで時間をつぶさせる。いまおもえばあほうな若造にしてもひどすぎることに。

ゆくのはたいてい双林から至近距離の市役所隣りの純喫茶「再会」ときまっていた。ときにはそれにとどまらず近場の飯屋兼酒場でご馳走になっていたりするのである。さらには四条高島屋近くだったかの労働会館食堂であるか、はたまた花遊小路の酒房「静」だったり……。

などとはしかし待てよというべき。そんなぐあいに先へさきへと急ぐようにする。そんなしだいは宜しくないのでは。ここでしっかり思い出すべきやないやろか。天野忠老師の名庭鑑賞法、「あんなぁへ」なる心の間の置きようを。

天野忠、おなじいに、大野新。まずはゆっくりと、その略歴に沿って、みさせていただく（以下、全詩集「年譜」摘録）。

＊　＊

一九二八（昭和三）年一月一日、大野新は、旧朝鮮（現・韓国）全羅北道群山府（現・群山《クンサン》市）に写真館を営む一家に六人兄妹の長男に生まれる。本名、新《あらた》。生活は裕福なるも、少時から虚弱だった。

四五年、十七歳。三月、群山中学校卒業。中学時代は優等生で、愛国少年として陸軍士官学校を受験するも、肺湿潤を発見されて落第を宣告される。

「一次合格者の集まる講堂で、陸軍大佐から、「大野新不合格」と大声で宣告され、「復唱、大野新不合格」と答えたときには、涙がつっと噴いた」[*3]

敗戦後の一一月、引き揚げ。遠縁を頼りに滋賀県野洲郡守山町（現・守山市）の長屋に身を寄せた。

「米軍のＭＰにせきたてられながら歩いた、釜山の埠頭までのながい距離。荷物のひとつひとつを惜しみながら捨て、小・中学生の弟たち、父母、祖母、祖母の背の妹の泣きわめく声といっしょに歩いていった。／それでも日本は美しかった」[*4]

四六年、学制改革直前の旧制高知高校に入学。四八年、教師の高橋幸雄（「近代文学」同人）先生に部長を願い、文芸部を創立。文芸誌「URNA」（ウルナ　壺の意）に詩二篇、小説一篇を載せる。

「先生は当時結核あがりで、鉛筆のように痩せていて、夫人のだぶだぶのカーディガンをはおり、目をしばたたきながら、／「大野の詩はだめだな」／といわれた。／それ以来この言葉は私の胸にささったままである」[*5]

四九年、二十一歳。四月、京都大学法学部に入学、学費は闇屋のバイトで稼ぐ。夏、ときにおぼえなく身に異変が起きているのである。

大野 新

喀血

「私は昭和二十三年（註：年譜では二十四年）の夏、野洲川で泳いでいて、突然かっ血した。血は水のなかにおちると急にスローモーションになって、弁のながい水中花をひらいた。以来七年寝たが、あの時の戦リツは必ずしも恐怖の戦リツではなかった。あの時私ははじめて魂で水をみた」[*6]

「とびこんでひとかきした水のなかで、突然私は喀血したのである。血は私の胸のおくのくらい洞窟を鳴らして噴出し、水面におちたところから、水中花の、非常に緩慢な伸縮のほそい花弁となりつつ沈んでいった。その血の色をさらに煽情的にする水の青さをみているうちに、私は、自分が朧のように立っている寒さに気づいたのである。朝鮮からの引揚者としての貧窮生活のなかから、食塩や甘味剤などの闇屋のバイトで、辛うじて学資をつくり、旧制高校から大学へ進学したばかりの夏であった」[*7]

一九五〇年、二十二歳。二月、滋賀県の国立療養所紫香楽《しがらき》園に入所。生活保護法を受け、療養生活を送ることになる。この年、大学から除籍される。一二月から佐藤佐太郎主宰の歌誌「歩道」に属し、歌作を投稿する。そこにはこんな経緯があったらしい。

「昭和二十五・六年頃の国立療養所といえば、手術予定などで、しばしば転室させられるベッドの隣にいる男は、死人か党員か花札狂か歌人が多かったような気がする」と。つづけて書いている。「ところで甲賀の山奥の療養所にもっとも浸透していたのが、なぜ佐藤佐太郎の「歩道」であったのか、また私がどういうきっかけでその一隅にへたな短歌を羅列する気になったのか、詳細な記憶もなく、切実な感情もいまは甦えりようがない」[*8]と。このことでまた別にこのようにも綴っているのだ。

「昭和二十六年二月にだされた「歩道選集第一」に私の歌がのっている。これは今ふと見つけたもので、私自身の手から焼却をまぬがれた唯一のものらしい

　一息に死にたしと思ふ夜を過ぎてかぐろき顔を剃りてもらひぬ
　ひと年はかく終らんとしてゐたり煤はらふ下に口おほひ臥す
　灯を消せば月に照らされる障子影蔦のかたちが風に吹かるる

腸結核で、だらだら続く下痢にまったく私は消衰《ママ》していた。恥をしのんで三首を抄《ママ》いたが、私の記憶からも消失していた歌である」[*9]

どんなものであろう。これをみるにつけ私見をさしはさめば、結核猖獗時のいわゆる療養短歌群、それらのたぐいを超出するものではない。そういいきっていいか。大野も、そのことをはっきりと自覚するところがあったのだろう。じっさい前の「短歌との訣れ」で書いている。

「私の書くべきものは、私に並び臥している死そのものであって、短歌という形式では見えないや、と私は部屋の光の強さに手をかざしていた」

大野新、そのように「短歌との訣れ」をした「短詩型離脱者」。このときその「手」にそれと載せたのが詩なのだろう。

それはさて私事にわたるが、わたしには大野からある歌人のことを教えられた、そのことに感謝したくある。それは中島栄一（一九〇九～九二年）である。大野は、「……訣れ」の文でつぎの二首を引いている。このあざといまでの自嘲のほどには正直いかれたものである。

なよなよと女のごとくわれありき油断させてひとをあざむきにけり　中島栄一

君をわらふ友らの前によりゆきてしどろもどろにわれも笑ひ居き

植民地生まれ、引揚者、喀血、京大除籍、療養短歌……。大野新が、血反吐をはいて辿ってきた若年期である。

双林プリント、天野 忠

一九五三年、二十五歳。この年から歌作を棄てて、詩作に向かう。また紫香楽園の仲間、沢柳太郎らと詩誌を発行する。きくところ所内には詩歌愛好者が数少なくなくいた。

五四年一月、井上多喜三郎、田中克己、武田豊らを中心とする「近江詩人会」（五〇年八月、発会）に入会。同会の詩話会テキスト「詩人学校」に詩や詩論を毎号発表する。また月例合評会に精力的に参加討論する。この年の作にある。

ほんとうに
血便がつづくと
羽化できるほど軽くなり
深夜
咳きながら
全身汗みずくで羽ばたいているのだ。

（「血便のでたころ」後半）

そしていま一つくわえる。その献辞に「――交替に／僕と同じベッドで手術した／沢　柳太郎に」と掲げる、つぎのような作はどうだろう。

僕等が二人とも肋をきりとって脊椎を歪めなければならないのはどういう宿命だろう
メスは容赦なく僕等の肌をきりさいた
だがメスの硬さは
僕等の喪失をふかめはしなかった

（「傷」後半）

五五年、武田豊（長浜在）主宰の季刊詩誌「鬼」（五四年一月、創刊）同人となる。この初夏あたり、療養所を退所して守山の自宅に戻る。静養のかたわら養鶏の飼料用の草刈りなどをして過ごす。

五六年、二十八歳。このとき良い話が進んでいる。一一月末より、井上多喜三郎の世話により京都の詩人、山前實治が経営する双林プリント（詩書の発行所名は文童社）に就職。これよりのち多数の詩書のタイプ・活版印刷に従事するのである。大野は、書いている。

「就職難の頃で、いまにも倒れそうな肺病あがりを雇ってくれたのは、詩人で印刷屋の山前實治氏ぐらいしかなかった」[*10]

ということでいま一度、山前についてふれたい。さきにみた天野忠の『我が感傷的アンソロジイ』にもあるが、山前は、それはとても朗読が得意だったという。こちらはまあお喋りしか耳にしていないが。この愛すべき人はというと、つぎのような、また愛すべき詩をのこしている。詮ないがこれはちょっと聴いてみたかったものだ。

　さあさ。たいのほっこり。たいのほっこり――っ。
　ほっこり。ほっこり。たいのほっこり。

生きたい。生きたい。ぴんぴんの。ほやほやの。
たいのほっこり。たいのほっこり。

生きたい。生きたい。いっそどっかへいきたい。
いいとこいきたい。
（いいとこ。そんなとこあって。）

おおあり。えらあり。おしえてあげましょ
あたたかい　はらとはらとの　こう　くっつけあえる。
あなたと　わたし。

〈よおっ〉ほっこり。ほっこり。
はらあたたまる　たいのほっこり——っ。

（「たいやきや口上」部分『山前實治全詩集』一九八一年　文童社）

こんな詩を書くかたに悪い人はいない。大野は、ほんまいい人に拾われたものだ。ここらがやはり閉鎖京都系詩的交友圏ならではであろう。そしてようやく職に就けたのである。
これからさらに詩作に邁進するようになり、月刊誌「詩学」研究会への投稿（五六年二月号から五七年一二月号まで）、四篇が掲載された。くわえて詩学研究会の投稿者一〇人が集まった同人誌「I」（群馬県の長谷川安衛が編集）にも参加している。そしてこの前後にいま一人の療養所の詩友「中村正子さんに」と献辞する作品をみられよ。

左肺全葉摘出
右肺葉部分切除
生きるとは
死とたたかうことだという
モチーフか　これは

時間のカンバスの上で
ゴッホのように悲しみを透明にするほかはないが
ゴッホの毒とたたかうため
あなたは

タッチのかすれた胸を上に
まっすぐねている

（「病室にて」後半）

五八年、三十歳。いやなんとも辛いことつづき。そうあるにはあれ良い事もまれにあるものだ。それはこの春に生涯の師天野忠との出会いに恵まれたことだ。大野は、のちにその初対面をめぐって、それは天野が入院中の「京都府立病院の一室においてであった」として書いている。

「当時まだ若かった私は――そう、ポエットになりたいと思っていた私は――天野さんの枕頭に一冊きりおかれている文庫本に目をみはっていた。手垢にまみれたその本は、ダンテの「神曲」だったのである。ながいあいだほとほと病みつかれていた私には、煉獄ともいうべきふとんのなかに、そのような本をひきずりこむ芸当は、とても尋常のことには思えなかったのである」[*11]

近江詩人会入会、「鬼」同人、療養所退所、双林プリント（文童社）就職、「詩学」研究会投稿、生涯の師天野忠との出会い……、大野は、これより着実に詩の世界を拡げてゆく。

『階段』

一九五八年、天野忠に出会う。それにくわえていま一つ喜ばしいことがあった。九月、第一詩集『階段』（文童社）刊行。B６判、三〇頁、収録詩一三篇。極薄の冊子風の詩集。なんとこの一集は大野への最初の賞与の代わりとして山前が出版したそうだ（わたしも懇意にしていただいた山前「おやじ」社長さんのなんという心遣いなろう！）。三〇〇部限定。その貴重な一冊を当方は著者から頂戴した。

　まずもってこの最初の詩集では冒頭の一篇をとどめたい。これこそわたしがふれた大野の最初の作品であったというのであれば。

あやまっておとした鏡には
みじんにくぎられた空がうつる
そこでようやくひとつらなりの天を見上げるしまつだ

——愛と健康もうしなってはじめて切ないが

死をすら
ぼくは迎えてしまっているのではなかろうか
つねにおそってくる予感がぼくには記憶とまぎらわしい
盃をしずかに乾す
するとゆらゆらういている模様がすっとさだまる

そんなふうに死が見えているのは
これはたしかにぼくには手おくれの出来事ではあるまいか
（「手おくれの男」後半）

ときに現代詩を見習いはじめたばっかりの当方は十九歳だった。「死をすら／ぼくは迎えてしまって……」、いったいこの詩行をどのように感受したものやら。これよりまえに昶からしばしば大野のすさまじい病歴をきいてはいた。それもあって、わからないながらも胸のうちにこの「手おくれ」なる語がしつこくぐもり、のこったのだ。それにしても一集に「死」が頻出するのである。

羽をむしられると胴体は巨大な陰嚢のようだ
淫らな首はひらめく出刃でぶつりと断つ
血はしたたるままにさかさにかける

鶏をつぶしながら　ふと
人間だけにしか予想されないこの死がこころに沁みた
（「死の背後から」前半）

死は

ひろがりではなかった
死は
寝台のはばをあふれようとはしなかった
ただ　死者は
水になげこまれたひらたい石のように
浮力にとまどいながら
かぎりなくおちていった

（「ある確証」前半）

死、死、死……。ほんまなんたる事態であるというのか。わたしはただもう嘆息するばかりだった。なかではこんな短詩がよろしくあった。ここには生の輝きがある。

陽がさすと
舌はねむりの内壁をなめしはじめる

いま
咽喉のやさしいまがりかどでとけていく

角砂糖のような倦怠よ
　　　　　　　　　　　　　　（「猫——dessin」）

鹿が首をひねるときのあのいぶかしいやさしさのまま女は狂っていった　二階の
屋根からとびおりたりした所作も　すぎて空白な畳の上では　するりとした時間
のながれにかわっている　抱いてかわした性のことが女のなかではどんな奔流に
なっていたのか　屋根からとびおりた夜　女は川づたいの堤のかぎりを　はだか
で走っていったという　それが私には　白い臀部で　波うつ線をひいてとおざか
る鹿の　いのちかぎりの疾走のように思われてならなかった
　　　　　　　　　　　　　　　　　　　　（「Avril」）

『階段』、それこそまさに死へと下ってゆくような。それはいうならば健康を思っているごとき輩の埒外にあるものであった。ここではその「あとがき」を引いてよしとされたい。
「何年となく、私には生よりも死の方が親しかったので、死をたしかめなければ、生へでていく手がかりがないように思えたのでした。病いという避けがたい出あいから、ふしぎな傾斜をすべりおち、そこから見上げる生はまぶしい。今、そう思えます」
のちの大野の回想にある。『階段』は「詩壇的にはほとんど黙殺された[*12]」詩集だったと。しかしこの第一詩集これこそが、詩人大野新、誕生を告げる一集であった。

「ノッポとチビ」

第一詩集『階段』刊行以降、大野は、いよいよ詩の世界に乗り出してゆく。そうなのだが年譜を辿るとつぎの段階にいたるまで重大な二つのことがある。その一つが石原吉郎との出会いであり、いま一つが「ノッポとチビ」創刊である。

一九五九年、三十一歳。年譜に「夏から石原吉郎と文通を始める」と一行ある。これを境に石原と交流を深める（次項、後述）。

六一年二月、山前實治が個人誌「詩人通信」（文童社）を発刊する。以後、同誌に毎号寄稿。そしてつぎに自ら詩誌を持つことになる。

六二年二月、三年前から京都で詩誌「現代詩」（一九五四年七月〜六四年一〇月）を批評する会に集っていた常連、河野仁昭、清水哲男、有馬《ありま》敲《たかし》、深田准と同人誌「ノッポとチビ」創刊。「批評と実作。どちらがノッポでどちらがチビか」。大野による児戯めいた命名である。ついては年譜にこの仲間では「とくに清水哲男を詩の好敵手とみなし、以後長く交際」と特記される哲男の発言をみよう。

哲男は、五九年、二十一歳の秋、初めて大野に会う。「瘠せて物静かではあったが、鋭い目の輝きを持った大野新には初対面から魅了された[*13]」と。そうしてその合評会での大野についていう。「物言いは大人で丁重ではあったが、私などは二度と立ち上がれないような思いをしたこともある。恐かった」

わたしにもこの思いはよくわかる。なにかのついでにちらっと当方についてもらされる寸言。それがほんま「恐かった」ったら。

ところでその創刊から大野はというと、「ノッポとチビ」四〇号（七二年一月）におよび編集を担当しておいでだ。それがいかほど大変な作業であったものか。

「3号から大野がタイプ技術を修得しながら、勤務後、自分で打ち、かつ印刷をした。詩人の社主山前實治の容認のおかげであった」「いまから思えば、この月刊態勢（註：21号まで）の維持はぞっとするような困難事だが、当時は何をおいてもという熱狂のようなものがあった」[*14]

そのように一一年間の活動について大野自身が子細にしている。創刊以後、山村信男、相馬大らが同人参加。なおまた天野忠、石原吉郎、中江俊夫、角田清文、鈴木漠などなど、地縁や知友ほか多くの詩人の寄稿をみる（私事ながらこの記録により当方も四〇号に寄稿したことが判明）。ことほどさよう同誌が巻き込んだ範囲は広くに渡ることになる。

ところでむろん同人誌であれば入退会はつねであろう。だけどもそれが創刊同人におよんでいる。こんな小さな会でも時代思潮の影は濃くある。

六五年六月、有馬敲（一九三一年〜）が退会、詩誌「ゲリラ」（片桐ユズル、山村信男ら）を創刊する。有馬は、A・ギンズバーグの詩を街頭へという運動の影響のもとに、日本各地で自作詩の朗読キャラバンを行い、フォークソングの高石友也、岡林信康らと交流、創作わらべうたなどが彼らによって歌われ、「オーラル派」と呼ばれる。有馬は、このようにときの気運に乗りこの頃の京都の詩の峰の一つを形成しつつあったのだ（しかしながら当方はまるで有馬らの運動と無縁であれば詳述すべくもない）。

それはさてとして。大野は、「ノッポとチビ」に精力的に毎号詩を発表しつづけること、やがてそれが成果となって結実するのだ。つぎにみてみたい。

『藁のひかり』

一九六五年、三十七歳。九月、前詩集以後七年、第二詩集『藁のひかり』（文童社　題名は天野忠の教示、のち『藁の光り』と改題）刊行。A5判、一〇二頁。収録詩三〇篇。

一集は、四部仕立て。「Ⅰ」には、行分け詩一六篇。「Ⅱ」には、偏愛のアンリ・ミショオの影響が濃厚な散文詩八篇、「Ⅲ」には、女の姿態と内面を交差させる素描を試みた散文詩五篇。「Ⅳ」には、驥尾を飾る力稿「死について」一篇。まずこれはさきに「あとがき」からみることにする。

「私の心を食んできたのは「死にかた」ではなく、「死にざま」でしたが、これは、戦後結核不遇の時代に、二十二歳からまる六年、療養所生活で見聞し、ほとんど自身その「ざま」をさらそうとさえした日々の、青春喪失の目でした」

じつにこの二〇年前、旧朝鮮から引き揚げてきた。そしてその一〇年後、結核療養所から退所したのだ。そこには余人の想像を超える苛烈な経験があった。それがここにきてようやく詩行に凝縮することができたのである。

まず「I」では、冒頭のこの一篇「小康」をみたい。

ねいりっぱな
くちびるからいっきにうらがえり
なかみをくるっとむいてみるくせが
ぼくにはある
ねむっているときの監視のない内臓がすきなのだ
すその水たまりで精子がちょろちょろするのもあいきょうだが
なにより
のどのたるみのない坂から
ゆるいカーブでとじられる肛門まで
ゆったりとうごいているのがいい
少女とのやくそくごとなど

このどこでむすび目になっているのか
ああおもていちめんをすいてながれる
血の川
目鼻だち果敢なかおが
うらがわで
川床のようにけずられ老いさびる
それもいいではないか

「なかみをくるっとむいてみる」、これぞ大野が闘病のなかで獲得しえた病身仕様内視鏡的とでも名付けられよう独自な詩法である。「監視のない内臓」や「ゆるいカーブでとじられる肛門」、なんぞと身体を「むいて」みせる詩行はどうだ。このつながりでいうと大野から当方はよくきかされている。「ぼくの詩は臓器で書かれる」と。

「Ⅱ」では、さらに超現実な散文詩がならぶ。

ぼくはたべられてしまった　それはしかたない　けれど困った　やせた耳だけが
のこった　よほどまずそうにみえたのか　遠まわしにたべられたので知覚もろと

ものこった　それが不幸のすべてだ　大きな耳　大体が調子はずれだが　めがねや帽子にわかれるといよいよそっけない　たべのこされても平気でぺたんところがっている

ぼくはそのまま蟻地獄になった　疑問符のかたちをした耳のみぞではしりまわりずりおちる蟻　そのさわがしさったら

（「耳」前半）

大野は、療養所のベッドで『アンリ・ミショオ詩集』（訳・小海永二　一九五五年　書肆ユリイカ）と出会っている。なるほどこの「耳」などはその影響下にあって成ったといえる。大野の回想にある。

「緩性だが毎日の下痢のため、目がおちくぼみ、気圧の変化時のように鼓膜がキューンとなりっぱなしの私は、倦怠などという病人ではなく、すでにぶちこわれている平衡を回復させなければならなかった。……。病的感覚を物象化しつづけることで、一種のカタルシスを得たことは、書きはじめてから比較的早い（年齢的にではない）作品のリアリティをもったが、ミショオが、その時代の、魂を病む巨大な詩人であるという本質から、それはどんなに遠かったことだろう。私には魂を病むべき健康体がなかった！」[*15]

いやほんとうなんという、悲痛なる告白、ではないだろうかこれは。

「Ⅲ」も散文詩で、「女・デッサン」「背中」「半身」「投影図」「嫉妬」の五篇。まず裸婦の素描にはじまり、厨房に消える女、眠る妻、編み物をする女、さいごに眠る女を立体にする。ここでの大野の試行については、かつてもいまも残念ながらどうしてか、わたしには満足に読解がゆかない。いうならばさきの内視鏡的なそれをもって女群接写するおもむきなるか。ここではこの一篇「半身」だけとどめておく。

妻がねむる　空間にうき　夜どおしうういて片手を薄明にのべている　生から死への　煙管をぬけるようなざわめきはない　世界の凌辱のなかへはだかででていったあと息をのんでいるのは　テーブルの脚でたち雑布の白いとじ糸をうかせた部屋の皮膚だ　妻は　ものかげから日向にふりかえる女の　あの　目鼻のない白さ　さらには棚の上の一個の卵にちかづいている　名を呼んで愛することの無意味さが　すでにはじまっている

そして「Ⅳ」の「死について」である。これこそ幾度も死をくぐり抜けてきた者だけにしか書きえない透徹の作といおう。まず冒頭から。

死について語ることほど至難にみえて、その実安逸な精神はない。この頃、私はそう思うようになった。私自身から死の直接的な匂いがうすれてきたせいだろうか。そうだとすれば、いい気な独断である。

そのような書き出しではじまる。この散文詩は結核療養所の二人部屋の同室であったTの手術中の急死の挿話を中心に展開される。いったいその死はというと……。

Tの死はちがった。ふっくらした頬は、いまや、骨にそってかたいくぼみかたをしていた。眼窩のかげ。それにこめかみの部分の凹凸。顔全体が紫にみえた。私は平手うちのような拒絶をくらっただけだった。悼みというのは生から死を連続的に考えることから生じる想いである。悼みではなかった。私は後方へはじけとんだだけだ。

ふいにそのような衝撃にさらされる。そしてそのあと、唐突にその終わり一行をあけて閉じられるのだ、つぎのようにも。これはいかようような事態であるものか。

異常さをだれもがもてあます環境にはちがいなかったが、その翌晩、看護婦が私のベッドにしのんできたものだ。そして、私は、死からはじきだされたそのままの勢で、生の猥雑さのなかにころげおちていった。

さいごに『藁のひかり』について。石原吉郎は、つぎのように述べるのである。すなわち「すでに絶望してしまった人間に、もし時間が残されているとすれば、その時間は一体だれのものなのか、そしてそのなかで、つぎになにをしたらいいか。それが『藁のひかり』全体が私たちに問いかけているもの」[*16]であると。

こののち「すでに絶望してしまった人間」大野（石原もむろん同類）はというと、石原のいう「問いかけ」に答えるべく身構えるのだ。

石原吉郎

天野忠と、石原吉郎と。このふたりの詩人を抜きに大野を語ることはできない。ここからは石原と大野との特別な交流をみてゆく。

さきに年譜から「五九年、三十一歳、夏から石原吉郎と文通を始める」とある一行をみた。このことからたしかにそれ以前から両者は互いにその存在を認めあっていたのがわかる。

石原は、シベリアから帰還した翌一九五四年、三十九歳にして、文芸投稿誌「文章倶楽部」（一〇月号）に特選掲載される。以後、毎号のように掲載。翌五五年四月、同誌投稿欄常連仲間と同人誌「ロシナンテ」を創刊、精力的に詩作を発表する。大野は、さきにみたが自分と詩作開始がほぼ同時期なること、ひとりひそかに石原に熱い視線を注いでいた。もちろん「文章倶楽部」も療養所で読んでいた。さらにまた「ロシナンテ」も購読していた。

五七年六月、「ロシナンテ」同人の新鋭、勝野睦人が二十歳で事故死した。大野は、こみ上げる思いで筆を執った。「そのとき私は、勝野睦人への短い追悼のはがきを、当時もっとも惹かれていた石原吉郎に、ほとんど衝動的な誘いにかられてだしたのだった」*17。それから二人の間で熱い音信がつづく。それもかなり頻繁に長期にわたってだ。

五九年三月「ロシナンテ」終刊。そしてそれから半年後のことである。一〇月、石原は、なんとも大野の属する「鬼」同人に参加するのだ。大野は、驚く。一〇月刊の二五号のあとがきに、石原吉郎の入会を報じている主宰者武田豊の一文があり、「コーカサスの商業」が巻頭にあげられている。「私は予想もつかなかった石原吉郎の「鬼」への入会」だったと。そしてその掲載作に「「あっ」といったのだった。本当に、あっといった。予想もつかない言葉の劇がはじまっている。私は強制収容所のことなど、まるで知らなかった」と。なお石原は、「鬼」入会の経緯をめぐって大野宛封書（同年九月二六日付）でおよんでいる。

六三年一二月、石原吉郎、第一詩集『サンチョ・パンサの帰郷』（思潮社）刊行。これがいかに大野の膝下にあったわたしらに衝撃の一集ではあったか。ついては清水昶の最初期の石原論「サンチョ・パンサの帰郷」をみたい[*18]。昶は、「その詩句の清澄さに頬をうたれる想いをした」として詩集冒頭の一篇「位置」を掲げて書いている。

「　しずかな肩には
　声だけがならぶのでない
　声よりも近く
　敵がならぶのだ

（「位置」前半、以下略）


デカダンスな青年たちの溜り場と化していた文学サークルの部屋の壁にこの「位置」という詩をはりつけ、夕陽の射しこむ窓ぎわで、ぼんやりと眺め入っていたのを覚えている。わたしは動こうとしていた」

六五年五月、武田豊宅で石原吉郎と会う。以後、家族で親しく交際。そうしてそれは事件というべきだった。ついてはさきに石原の大野宛葉書（同年六月二四日付）をみることにする。

「ノートを人に見せるのは余りいい趣味だとは思いませんが、大野さんにだけは見ていただきたい気がして、今日そちらへ送りました。適当な時期に送り返して下されればありがたいと思います」[19]

このノートを読了した大野がどうしたか。

「それから暫く私は石原夫婦と熱い時間をもった。テープが送られてきたり、二冊の大学ノートが送られてきたりした。何度かのであいもあった。そのノートを返さなければいけない時になって、これは公的な問いにすべきだという焦慮が私をとらえた。電話で石原吉郎の諾を得たあと、自分でタイプをうって「ノッポとチビ」という私たちの詩誌に欠除は欠除のまま全文掲載した」

それが「石原吉郎氏に関する資料　一九五九年九月より一九六一年二月迄のノオト（全）」（「ノッポとチビ」三三号　一九六七年九月　のちに単行本『日常への強制』一九七一年　構造社）、さらに『望郷と海』（一九七二年　筑摩書房所収。収載時に「肉親へあてた手紙　一九五九年十月」と改題）である。

いまわたしの手許の一冊をあらためてみよう。これをじつに大野は深夜にタイプしたのだ。Ａ５判８ポ二段組三〇頁。終頁に大野の「ノオト」公開の経緯におよぶ五〇〇字の覚書。じつにもうその執念が肉薄してくるようだ。いやたしかに大変な仕事だったと偲ばれる。

ほんとなんとも衝撃なるものであった。ついてはここに二点だけおよんでおく。

まず一つは、「夫人の苦悶」の問題だ。大野は、自らを責める。「私的な細部について相談すべき当然の配慮になぜ思いいたらなかったのだろう」「しばらくして、私はあのノートの公表が、当時の生活を共有した夫人の苦悶を招いたことを知った。私は、世間への衝撃と同時に、ひとりのひっそりした精神へ、病気を強いたのであった」

このことに関わって、わたしは大野から幾度もきいた。さらにまた上京後のことだが、そこらの齟齬をめぐって石原自身、それとはまたべつに、石原夫人からもきく機会があった。しかしながらこの件の性格から本稿では言及は避けることにしたい（ただここにいう「病気を強いた」という点についておよべば、たしかにそれは病を誘発した遠因の一つとなったが、このことではどうも大野の思いすごしが濃いきらいがある。むろんのことこれは双方を知る小生の感じにすぎないのだが）。

いま一つは、「世間への衝撃」の度合い。ときにそのことの深甚さを語る諸氏の文章は多くみられたものだ。もちろん当方の周辺でも話題となった。ここでは私事がらみで一つだけ披瀝しておく。わたしは鶴見俊輔ゼミだった。それでこの「ノオト」の載る号を興奮の余り教授に手渡したのである。するとウーンとあの鶴見さんが感服されることしきり。やがてラーゲリ体験を刻む最初期の散文の一つ「ある〈共生〉の経験から」（「思想の科学」六九年三月）の発表をみている。さらに一年後には唯一信頼に足る受刑囚・鹿野武一を描く「ペシミストの勇気について」（「同」七〇年四月）が掲載された。

ところでこの「ノオト」をめぐって。いいたいのは大野の熱い「焦慮」についてだ。「とにかく石原吉郎の暗部をみせるものは、このノートに刻みこんだ言葉をおいてはない、という資料的厳密さに私は憑かれていたのだ」。というそれこそがいうならば、禍もまた含み一挙にこののち石原をして壮絶なあれらの証言を書かせる鞭、ともなったにちがいないのだ。

大野は、またこの「ノオト」について別の論において、このように息を切らすようにしたためている。

「私は自分の受苦や忍耐だけで石原吉郎を理解できるとしていた思いあがりを無惨に砕かれていたのである。私にはこのノートが日本人に共通のノートだと思われた[*20]」と。

というところで、もしもこの「ノオト」が公にされなかったら。ひょっとするとのちの一連の手記の発表はなかったのではないか。そのようにわたしは考えたりするのだが、どんなものだか。

「ノオト」以降、大野は、生涯を賭けて石原を追い、ほかの誰も書き得ない論考を数は少なくも発表しつづける。[*21]

『犬』

一九七二年、四十四歳。四月、既刊二詩集と、未刊第三詩集『犬』を収める『大野新詩集』(永井出版企画)刊行。この集の出版には清水哲男・昶兄弟の尽力が大きい。ここでのっけから私事におよべば、じつはこの詩集について、いちばん印象がつよくある。どうしてか、それはここに収録の詩のほとんどを「ノッポとチビ」をはじめとして初出で読んでいる、だからである。

本集は三部仕立てで二七編を収録。後書きがわりに「大野新詩集便覧」を付している。まずこれを引いてみたい。

「私のなかから病気は次第に抽象化されるようになってきた。だが、麻薬中毒の癒後のように、私のなかにはどすんと黒いものがあり、その黒いものは悪やら毒やらと容易になじんでしまって、開かれた世界へでていこうとしない。その退嬰を正当化したり弁護したりするいわれもないが、一言でいえば、犬や病気は、私の背理的現実である。ものとなって走りでてくれ、そう思いながら私にはもどかしい。簡単に見ぬかれてしまうであろうが、私に犬を飼った経験はない」

結核療養所から生還して二〇年弱。「病気は次第に抽象化されるようになってきた」。しかしながらいまだなお語りつくせぬという思いがつよくあったろう。ときにその思いが「ものとなって走りでてくれ」という声になるのだ。かくしてその「もの」として命を与えられる、それこそが集の題ともする「犬」であるのだろう。

さてその「I」であるが、ここには「犬」を描く九篇が並んでいる。だがどういうか「犬」なるものにこめよう映像喚起があまりにも過多煩瑣なきらいでひとり走りしすぎるというか。生意気ないいかただが、どうもちょっと、主題倒れなようなぐあい。そのどれもがどうにもわたしには理解がゆきがたくあるのだ。ここではその弊を免れていると思われるつぎの詩「夕景」を引いてみたい。

おされながら改札口をでておもう

樹幹にタールをぬった素朴な電柱。都会から消えてゆく電柱。
竹のようなあしをあげて
犬がしろしろとぬらす雪。
直滑降の日が落ちる山麓で
ぽつんぽつんとある灯。
おじいさんと孫の兄妹が
いろりばたで永久にくりかえす熊退治のおはなし。
干芋のにおい。燻製の川魚

そうだ　こんな想像のなかにもちちはははいない
ちちははアパートの鍵をあけ冷蔵庫をあけ
顔をみあわせながら
自分たちの臓物らしいものをかいでいる

どんなものであろう。これなどいかにも当方にとって「ぼくの詩は臓器で書かれる」ともらす大野らしくみえるのだ。だがいかがなものやら。それはさてここでは、つぎなる美しい行をあげて、とどめることにしよう。

いかなるふるさとも
いかなる身よりもなくふりむく
海の犬よ
（「耳なり」終行）

この喩の美しさは人を酔わす。いやそれこそ「病気」のごとくにも。でこれで「Ⅰ」はおいて、つぎには「Ⅱ」について。まずもってこの一篇「冬の野外音楽堂で」をみられたくある。これがわたしには初出からいっとうつよく印象にのこったものだ。

塔からとび
砂利を背ですべり
散弾で刺繡される樹林を迂回し
豹のまるい屈身で塹壕におちる
それから君はたちあがらない

切れた電球のフィラメントが
君のあたまをたたく
遠いことだ
自分の虫歯のにおいをかいだことは
みじかい塹壕
内臓のパノラマ
鬚も卑下も泥のひとつまみ
暁の匍匐をまねるちぢんだ腸
まだ感覚の赤道にいる君の舌に
たぶん神があたえるいちまいのカミソリ
君はたてにそれをなめる
サミィまたはトミィ!
もっともありふれた人称をもつアメリカ兵!
その時の声だ
人気のない音楽堂で僕が聞いたのは

初出「詩人学校」(二一〇号　六八年一月)。この詩をはじめて読んだときの思いはいまなお新しい。しかしこの詩について語るとなると易しくはない。ついてはさきの「天野忠」の章の「ノイローゼの俘虜」の項をみられたし。そこでこの詩の背景の理解となるだろう時代の動向に少しおよんだ。

この詩の主題は、ベトナム戦争である。戦火の下の一兵士の絶望の目! このことで手短にいっておこう。ベトナム戦争について、いまここで誰それの作とはあげないが、じつにもう夥しくも書かれてきた。だがきょう振り返るとどうだろう。おそらくこの一篇にまさる作品はありえない。そういったら引き倒しだろうか。ついでながらこの一篇をめぐってだが、わたしらの鶴見ゼミでは脱走米兵救出ほかの手伝いをしていた、それだけになお衝撃はひとしおだった。「サミィまたはトミィ!」、というその声をデモで集結する円山公園野外音楽堂で幻聴ではなく聞くようだった。

大野は、これまでずっといわゆる社会的な詩を書くことなどなく、いわんやその種の言を大上段にすることはもっとなかった。これはいうならば「開かれた世界へでていこうとしない」詩人がどうかして「病気」の外へでていってえた作なのではないか。いやほんま傑作なりである。

まだもっと佳作があるのだ。たとえばこの一篇「ねむりのための鎮魂歌Ⅰ」などはどうだ。


歯をむいたピアノと漆黒の指とがせめぎあっている　からだをしぼりながらそん

な階段をおりていく　June　虚無に美があるか

私の顔は――もういい　もうすっかりいい――というやさしい掌でなでられ　もがれた耳からは　鼓膜があやうい蝶になっておちる　腕は群毛　胴はさむいぼのでた長い青い茎にかわりながら

ねむりのなかにななめに根もなくささる　June　火の乾きに　そりかえって目ざめる朝のために

ほんとうになんという穏やかさではないか。いったいどれだけこの調べに「ノイローゼの俘虜」は慰められたことだろう。それこそ「やさしい掌でなでられ」でもするようにも。

そしてそのさいごの「Ⅲ」であげるのはこれだ。詩集の驥尾の一篇「白昼」。

おれはプラットホームを吹かれる新聞紙をみていた　すこしでも空間のさきの方をつかもうとする　高速度フィルムのクロールの手つきで　はしまでゆき　おちようとしてよこからあおられた　全面にひらいて　わっという身なげだった　お

れはぼんやりみていた　同時におれは開腹したおんなの手術あとをおもいうかべていた　へそから陰部まで　のびきった巨大な糸みみずが　はりつけにあっている　しろい腹筋のうごきと　糸みみずのもだえ　したたか飲んだあたまで　その形象ばかりが　だんだんはっきりしてくる空間を　おれはぼんやりみていた

どんなものであろう。ここではきいたような評は控えることにする。みなさんそれぞれの目で読まれればいい。そういうことにする。

双林プリント、再び

『犬』収録の詩もほとんど初出誌で読んだ。おもえばこのころ双林プリントへいちばん足繁くしたものである。そこでここからは双林プリントをめぐる人々におよぶことにする。いろんな方に会って、いろんな思い出がある。

まずもって双林プリントにおられた、ふしぎな人物からはじめよう。大野の年譜の一九六四年の項にある。

「この年、双林プリントの同僚となっていた伊藤茂次[*22]が近江詩人会に入会」。伊藤さん、茂次《モジ》さん、とてもわたしには好もしくあったのだ。没後に刊行なる詩集の年譜、そうしてまた大野からきいた遍歴ぶりはどうだ。

伊藤茂次《しげじ》（一九二五〜八四年）。生地未詳。養母の手で札幌市に育つ。二十歳前半ころに市電車掌をしていた。いつかある日ふらりと、札幌に来ていた旅役者の一行に入り、京都に流れ着く。太秦で松竹の大部屋俳優となり、結婚。六五年、妻死去。その少し前から詩作を始める。きっかけは双林プリント入社である。「近江詩人会」入会後、かなりの数の詩を書いている。茂次さん、そのうち酒毒におぼれ、飲み屋のママに言い寄っては愛想を尽かされた、と。この人のこんな私詩がちょっと泣ける。

女房には僕といっしょになる前に男がいたのであるが
僕といっしょになってから
その男をないしょにした
僕にないしょで
ないしょの男とときどき逢っていた
ないしょの手紙なども来てないしょの所へもいっていた
僕はそのないしょにいらいらしたり
女房をなぐったりした

女房は病気で入院したら
医者は女房にないしょでガンだといった
僕はないしょで泣き
ないしょで覚悟を決めて
うろうろした

（「ないしょ」前半）

伊藤さん、のちにはアパートの自室に火をつけたり、知人に金の無心をして回ったり、岩倉の精神病院に入退院を繰り返していたと。しんみり心に残る人であった。まだもう一篇「裏辻のアパート」をみたい。

アル中の男が五十三歳で死んだ
なむあみだぶつ
糞小便の中で死にたくないと云っていたと
誰かが云った
そして煙になった

僕もそのアパートに住んで
酒を飲んでは精神病院に入退院をくり返している
このアパートにも
南陽が差すのである
そして水道がジャー
焼魚の臭いもする
故意に咳をする男もいる
僕は意を決して酒屋に向かうのである
（酒屋に行ってはいけません）

＊ ＊

つづいては双林プリントのすぐそばに、おすまいだった隣人について。それはわれらが本棚「三月書房」のことであって、われらがよろず相談役たる店主宍戸恭一《ししどきょういち》（一九二一～二〇一七年）さんである。わたしはそのさき書いたことがある。[*23]

「一冊の本のために一食ならず抜く。本とはほんとうはそのようにもしてこそ購われるべきものなのだろう。胃袋を天秤にかけて手にした一冊の詩集！／……／ところで本というと想いだされる店がある。京都じゅうのいわゆる意識部分（当時そんな言葉があった）にきこえた、三月書房ではある」

三月書房（寺町二条上ル）は、あの梶井基次郎の「檸檬」で有名な果物店八百卯の近く。その昔から京都のみならず思想・文芸を中心に独自な品ぞろえで全国の読書人に知られる書店だ。ベストセラーは扱っていない。店の棚にはまさに「本が唸っている」。政治的パンフや、同人誌や、アングラ冊子や、なかには「ノッポとチビ」も「０００５」もあった。そしてなんと売れたりもした！

三月と双林は至近。一〇〇メートルも離れていない。わたしたちは大野さんを訪ねる前に必ず宍戸さんの店に寄るのである。京都で「三月を知らないやつはモグリ」ととどろく本物《モノホン》の本屋。「わたしたちは店先に立つと店奥に悠々然とパイプをくゆらせる氏に会釈して入る。まるで道場に上がるようにだ」

宍戸さんは、吉本隆明と懇意にしていて吉本編集の思想誌「試行」（一九六一〜九七年）に三好十郎論を連載する硬骨の批評家であった。著書[*24]にあったこんな一節をいまもこれで正確かどうかおぼえている。

「自己のペースにあった抵抗のよりどころを求め、そこを仕事と生活の統一の場にすることが、〈知識人の自己自立〉への第一歩なのである。」

よくうかがった宍戸さんの信条とするところである。「仕事と生活の統一」。わたしらは「知識人」

でなく「仕事」もまた「生活」もなかったが、このことでは大野がその信条をよく実践するものだった。宍戸さんは、自分より歳の若い大野の生き方を尊重しており、そのおかげもあって、大野の尻を追う青二才も温かく遇された。店舗のむかいのコーヒー・ショップ「花房」。宍戸さんに、どれほどそこでコーヒーをご馳走になったうえ、いろいろとやさしくご教示いただいたものか。

いまこんな歳になった。はたして宍戸さんの教え「仕事と生活の統一」を守っているか。われながら恥ずかしい。

＊　＊

さいごには双林プリントと直接にどうというのでない、しかしながら関係もなくはないわが教授のことである。それはさきに「石原吉郎」の項でもふれた鶴見俊輔（一九二二〜二〇一五年）なのである。鶴見さんは、詩人である。このことでまずは、当方作の鶴見先生追悼詩「Basserarete iru no ni」（未定稿、未発表）、をみていただきたい。

Kaki no ki wa
Kaki no ki de aru
Koto ni yotte

Basserarete iru no ni*

わたしは最後の鶴見俊輔ゼミの生徒でした　ほとんど教室には出なくて夜昼なく遊びほうける　まったくド阿呆なバカ学生であって　いまさらながら深く悔やまれるばかり　どうにもなんとも教壇で説かれることに　ほんとうにさっぱり理解が届かないできた　というようなできの悪い部分にかわらなくも　こののちもずっと先生の教えのもとにあります

Shozu Ben wa
Shozu Ben de aru
Koto ni yotte
Basserarete iru no ni

＊詩「KAKI NO KI」鶴見俊輔『不定形の思想』（一九六八年　文藝春秋）

これをどう受け取られるだろう。鶴見さんの「KAKI NO KI」に出会った。そのときの思いはつよくいまも活きている。鶴見さんは、わたしにとっては「京都詩人傳」のひとりであった。つぎの詩（「寓話」[*25]）をみられよ。これなどなにやら天野忠の『動物園の珍しい動物』の世界よろしくないか。

きのこのはなしをきいた
きのこのあとをたぐってゆくと
もぐらの便所にゆきあたった
アメリカの学者も知らない
大発見だそうだ

発見をした学者は
うちのちかくに住んでいて
おくさんはこどもを集めて塾をひらき
学者は夕刻かえってきて
家のまえのくらやみで体操をしていた

きのこはアンモニアをかけると

表に出てくるが
それまで何年も何年も
菌糸《きんし》としてのみ地中にあるという

表に出たきのこだけをつみとるのも自由
しかしきのこがあらわれるまで
菌糸《きんし》はみずからを保っている
何年も何年も
もぐらが便所をそこにつくるまで

『家』『続・家』『乾季のおわり』『犬』、そこまでが京都にあって、わたしが読んだ大野の詩であった。大野は、むろんそののちも詩の刃を研ぎつづけてやまない。

一九七七年、四十九歳。六月、評論・随筆集『砂漠の椅子』(編集工房ノア)刊行。ここまでみてきて本稿にとって、これがどれほど素晴らしい仕事であることか、じゅうぶんに理解いただけるだろう。もちろんこの一冊がなければ、こののちの清水哲男・昶兄弟についても、まったくお手上げだったはずだ。
一〇月、第四詩集『家』（永井出版企画）刊行。第二八回H氏賞を受賞。「肉体をかりそめのものと思ったことはなかった。私は肉体をささえることで、ながい間精神をいじめてきたような気がしている。肺結核や腸結核の心理的な負担からのがれてきた昨今になってようやく、ある歌人が「魂の鞘」とうたった位置へ、肉体をつれもどしてきつつあるのだろう」（「受賞のことば」「詩学」一九七八年四月）
ここにいう「魂の鞘」の歌めぐって。あとでみる詩「あのころ」（一一八ページ）におなじ喩がみられる。そこでその意に思い寄せられたい。
ところでこの前後にこんな事件があるのだ。大野は、そのことを作品にしている。それからみよう。

私はそのとき受話器をとっていた
とおいざらざらした都市の
団地の一室で
酒でざらつく舌が
つぶやいていた

彼は切りだしナイフを腹につきたてた男の話をしていた
発作的な力でつきたっても
横にひけないナイフのことを
そのまま晒をまいてすませた男のことを
彼も私もながく尊敬してきた男のことを

（「とおい電話」部分 「ノッポとチビ」一九七七年九月）

「彼」は、清水昶。「男」は、石原吉郎。じつをいうとそのいつか当方もまた「とおい電話」を耳に佇立しつづけたものである。

一一月一四日、石原吉郎歿。自宅で入浴中の死去だ。このときたぶん大野にはもうどんな言葉もなかったろう。

「一九五四年シベリアから復員してきた翌年、身のうちに溢れてきた墨滴のしたたるままに二十三年間墨の糸をひいていって、最後は入浴中の死が象徴するように薄墨色のにじみとなって消えるという軌跡を画いた。圧倒的なものが、石原吉郎のからだを粉砕しながら、通過していったのだ、と思うより仕方がない*26」

八四年、五十六歳。七月、『現代詩文庫　大野新詩集』刊行。既刊四詩集、未刊第五詩集『続・家』、随想一三篇収録。

八九年、六十一歳。一月、「ノッポとチビ」退会。

九三年、六十五歳。七月、前詩集より九年ぶりに第六詩集『乾季のおわり』（砂子屋書房）刊行。

一〇月二八日、天野忠歿。ときに焼き場での骨拾いの終始を記し悼むのだ。

　これは骨太で頑丈だと公益社主
　生前言われたら苦笑ものだろう
　――手術は成功しました
　　原因は除去しました
　　ただいのちはとりとめえませんでした
　というのが天野忠さんのシニシズムだったから――
　褥瘡の苔まで生えかけた
　柱の頑丈さ――か
　　　　　　　　　　　　（「骨――天野忠さんに」部分「詩学」一九九四年一月）

大野からは、そのつど前掲の詩集を恵送された。そのどれをも幾度となく精読してきている。しかしながらこれらは「六〇年代」と冠する本稿の時間から大きくずれることになる。そうなのだがここで三集からほんとをいうと一ダースどころかもっと引用したくてならない。まずもって『家』ではそうだ。これなどはどうにも捨てがたくあるのだ。

指の爪に
のぼる白い月をみに
死んだ母がはいってくる
そして私のいっぽんの指がひかるのだ
指を垂直にたてて
深夜
梁をあげたばかりの
建てかけの家を
くぐってあるく
母よ

（「母」前半）

そしてまた『続・家』ではそうだ。つぎのようなわが偏愛の作品はどんなものだろう。

あさい水槽には
かぶとがにがいた
ちいさめの雄が雌の剣尾のしたに甲を接し
そのまま動かない
ほとんどの雌雄がつがったままで
はぐれた雄だけがわずかに動いている
たまに雌が雄をひきずってあるき
ほかの甲にぶつかるとまたうごかない
これをこのままくらい君の海底におこうか
交尾は二億年つづく

（「交尾」前半）

などとはじめると切りがなさそう。そんな紙幅はない、じつに残念しごく。だけどやっぱり諦めるしかないか。

『乾季のおわり』。これが最後の詩集となる。ここでは晩期の達成について。とまれその冒頭の一篇「陰画」からみたい。

その村のまわりには
水あめのように撚《よ》られている川水がめぐり
笹むらをわけてはいる径は湿っていた
死んだ叔母の顔を二十年若くした女が
暗い土間から顔をだす

夢にはいっていくと
脱色されるのが自然なふうに
歳月をぬかれて私は立っていた
引揚げるということは
誰の意志でもなかった
なにか大きなものが動き
船のなかで吐けるだけ吐いて
私は女のまえに立っているのであった

死んだ叔母とそっくりの女は
米袋をかかえてでてきたが
死を抱きあげる顔だった
かた足をあげたまま頸だけめぐらす鶏のまわりを
蛍がとんでいた

ここにきていまだに執拗な引揚体験を反芻させられようとは。なんとも酷すぎないか。またこんな詩もあるのだ。「子どもは売られるか捨てられるかだった／引揚げの／ふなべりからひとりずつ／行儀よく水底へと／卵のぬめりにくるまれて／音もかすかな落下だった／私はふなべりでかわいた最後の子」（「引揚者」部分）

引揚の地獄絵図、そしてそののちの逃れようもなく堪えるほかなかった、喀血と病床輾転。つづく一篇「あのころ」をみよ。

肋の浮きでた皮膚
風邪熱ですぐ汗をかいた
毛布にくるまった汗の棒は

発汗をおえたら慮外の空間へ脱けでるんだぞ
と念じていた

うつせみを
魂の鞘といった歌人がいたが
鞘ばしろうとするなかみと
すうすうした気配で
親しかったころ

sooner or later
と舌をこもらせていた
nやtからrへ舌を捲くときの
悶絶へ動くささやかな
あそびであった

ここにきてまだなお結核の記憶は鮮明なばかりというのだ。これにはなんとも胸が塞がれてならない。このことに関わってこんな詩もみられる。「首に手ぬぐいをまきつけ／痰まじりの気泡ののぼる／垂直な呼吸をしながら／ねまきの私が私をみている／／この写真を／私のほかのだれがみつめかえそう／細いからだをふるわせて／桂馬の受けを考えていたこともある　許されて／まじまじと女陰をみたこともある」（「見る人」前半）

＊　＊

『乾季のおわり』。以降、おもえば大野の詩を目にする機会が急に少なくなった。ところでわたしは、この詩集の出版の際に上京した大野と会った、そのはずではある。そしてあるいはそれが最後となってしまったのでは。しかしながらどうもその記憶もあやうくあるのだ。

それからはきこえてくる噂話はよからぬものだった。だけど大丈夫やろうきっと。そうよそんな「若いときにほとんど死んだ人が、頑丈な梯子を選んで、一段又一段と堅固に伸び上ってきた」[*27]（天野忠）ぐらいだから。などと音沙汰しないできた。それがだがこのように年譜をあたるとあるのである。

一九九五年、六十七歳。一月、軽度の脳出血のため短期入院。このときはそれほど大事にいたらなかった。しかしその五年後、二〇〇〇年七月、脳梗塞の症状のため入院とみえる。二〇〇四年六月、脳梗塞で入院。以降、車椅子で外出する。それできくところ晩年の三年ほどは意思疎通にも困難をおぼえがちだったと。

二〇一〇年四月四日、大野新、逝去。享年八十二。

とうとうわたしらの詩の参謀は眠りについたのである。ただもうできのわるい輩は葬儀で頭をさげるばかりだった。

「わたしはこの人から多くを得てきたものだ。しかしながら何のお返しも果たせないまま。なのに大野さんは……。

四月七日、守山セレマホール。しめやかに葬儀ははこんだ。どうしてだか清水兄弟はいなかった。幾たりかの旧知の京都の仲間たちの顔。つぎからつぎへと過ぎた日が偲ばれてならなかった。

黒枠の柔和な表情の肖像。わたしはただもう唇を噛むようにしていた[*28]」

そしてその月の末であった。大野新の弟分清水哲男の追悼文。それにふれて深く頷くのだった。

「決して派手な詩人ではなかったけれど、人間の弱さを我が身に引きつけた大野の詩編の数々は、私の滋養と励ましになりつづけた。深い詩とは、大野新のような終生変わらなかった魂の純粋さからしか生まれ得ないことも思い知らされた。訃報が届いたとき、私は日本の詩を支えてきた魂の純粋な輝きが、忽然と消えてしまった思いに呆然とした[*29]」

大野新、「魂の純粋な輝き」……。

＊1 『大野新全詩集』（監修・以倉紘平　二〇一一年　砂子屋書房）以下、詩篇、年譜は同集より引用。同集には、既刊六詩集全篇、「詩集未収録作品」一二五篇。ほかに「短歌」九二首、旧制高知高等学校「寮歌」、放送用詩劇「黙契」を収録。／「解題」苗村吉昭　外村彰、「大野新年譜」外村彰
＊2 「O氏の肖像」（「詩の辺境」（『詩の根拠』一九七二年　冬樹社）
＊3 「本気の凹面――八月のうた」（『現代詩文庫　大野新詩集』一九八四年）
＊4 「十一月遡行」同前
＊5 「老年――十二月のうた」同前
＊6 「水と魂」（『砂漠の椅子』一九七七年　編集工房ノア）以下、大野の文章で註記のないものは同書より引用。
＊7 「声」
＊8 「短歌との訣れ」
＊9 「短詩型離脱者のノオト」
＊10 「最若輩と最年長」
＊11 「天野忠の世界」
＊12 「老年――十二月のうた」前掲
＊13 「大野さんのこと」清水哲男（「現代詩手帖」二〇一〇年五月）
＊14 「「ノッポとチビ」の推移」
＊15 「「犬」を尾ける――粕谷栄市の喩の下限」
＊16 「「藁のひかり・Ⅳ」について」石原吉郎（「ノッポとチビ」三〇号　一九六六年三月）
＊17 「「鬼」の時期の石原吉郎」以下

＊18 「サンチョ・パンサの帰郷」（『現代詩文庫　石原吉郎詩集』一九六九年）
＊19 「書簡」大野受信十三通収載（『石原吉郎全集　Ⅲ』一九八〇年　花神社）
＊20 「石原吉郎論」
＊21 他に主要な石原吉郎に関する論考は前掲『砂漠の椅子』所収
＊22 『伊藤茂次詩集 ないしょ ないしょ』（外村彰編　表紙画・扉画滝田ゆう　二〇〇七年　龜鳴屋）。参照、同集所収、天野忠「ないしょの人――伊藤茂次のこと」（『我が感傷的アンソロジイ』より再録）、大野新「一篇の傑作をのこしたアル中詩人」（大野の最後の随筆）
＊23 「寺町二条上ル、三月書房」（「日販通信」一九九九年一二月）
＊24 『現代史の視点――〈進歩的〉知識人論』（一九六四年　深夜叢書社）
＊25 『もうろくの春　鶴見俊輔詩集』（二〇〇三年　編集グループ〈ＳＵＲＥ〉工房）
＊26 「初源からみる石原吉郎」（『現代詩文庫　続石原吉郎詩集』一九九四年四月）
＊27 『現代詩文庫　大野新詩集』表裏添文　前掲
＊28 拙文「唇を噛む　悼　大野新」（「葡萄」五八号　二〇一一年七月）
＊29 「大野さんのこと」前掲

詩《うた》い続けるのです

天野忠と、大野新と。ここまでは閉鎖京都系の詩的交友圏の中核部分をみてきた。だがここからはその圏域からちょっと、ずれた位置にいた、あるふしぎな詩人をみることにする。

角田清文

角田《かくた》清文《きよふみ》。いまとなってはまずほとんど名も知るものとてなさそうである。ずっと長くただひとり自ら恃む途を歩みつづけてきた人である。そうであればぜんたいその詩が読まれることはもっとないだろう。

そういうようなしだいでこの稿をどう書きだしたらいいものなのか。もうのっけから悩ましいことにも筆がしぶっているのだ。なにぶんその姿をまるでもって明らかにしないのである。いまそこでそのあたりのことを二つの点にしぼってみることにしたい。

一つ、その年譜をめぐり。天野と、大野と、このふたりは年譜に沿って足跡を辿るようにした。それができた曲がりなりにも。しかし角田にはそうしようも、はなからまったく無理なのだ。そもそもこの人はいっさい年譜のたぐいを残してはいない。はっきりと、そのようなものを記すことを潔とはしなかった、とおぼしい。あるいはそこにはもっと余人には理解がゆかない複雑なる事情があったのかもしれない。くわえるにまたそれと前二者のような心酔筋をもたないのである。

一つ、その交友をめぐり。じつをいうと当方の角田の詩との出会いは早くなく、六八年末刊、第三詩集『イミタチオクリスチ』が初めてだった（後述）。それもあって角田と当方の関係が希薄なことである。いったいこの人とどうして会ったものやら。角田は、大野新の二歳下。おそらくその初めは大野の関係する集まりだったか。それがだが、いつなにで、どこでやら。ほんとまったく記憶に残っていないありさま。そうしてそののち会ったのも二度かそこらを数えるだけというのだ。いったい大野とのそれのような濃厚さはない。さらにこのあとの清水哲男・祀兄弟とかさねた長期的親密交友もないのである。ほんとうにこの人とは淡く水のごとくだった。

だけどそんなことはいうたら、どうでもよろしくあるのではないか。じっさいその詩に出会ったときのあの、百言でもおよびがたいような感覚、それをいまも新しく克明にしているのだ。それだけでじゅうぶんでは、そのようにいいきかせてはじめる。

まずもってこの人の来歴についてぜんたいまるで手掛かり無しのままなのだ。こちらなどはただだ僅かに断片的、間接的に伝えきいているだけ。そんなのでじっさい周囲に当たったりしたものの徒労に終わるばかりだった。

どうしたら書けるか。そこでこちらもよく知る角田の数少ない盟友に協力を仰ぐことにしたのだ。それは京都在住の詩人宮内憲夫（一九四〇年〜）である。これが助けとなった。でようやくのこと宮内を通し角田夫人美登利さんの一通の「手紙」[*1]を手にするのである。以下、夫人のとどめられる、ごく簡単な略歴箇条上の指摘記述点のみ、転記してすすめたい（当方、いわずもがな本稿においては戸籍簿調査的なることは一切これをしない、為念）。

＊　＊

一九三〇（昭和五）年、二月二一日、大阪市東淀川区国次町に、父今田喜代松、母まちの四男、今田清文として出生（兄弟姉妹、家系家業、諸点不詳）。それからまったく何事も詳らかにしなく時間が飛んでしまうのである。幼時から少年にかけてそれはもう、多感なる季節であるはずなのにである。

四七年、十八歳。四月、大阪市役所に勤務（夫人の筆写による本人の備忘から。しかし宮内氏の回想ほかに「大阪外大インドネシア語専攻卒」[*2]とある。あるいは役所に勤務しつつ夜学を卒業したのか？）。十代後半から「詩学」に投稿。つづいてこんな記述が夫人の「手紙」にみえるのである。

五三年、二十六歳。一月一九日、大阪市北区高垣町在の角田末吉、きぬ夫婦のもとに養子縁組届出。角田清文となる。縁組みの事情また不明。このことでは養母きぬが「清文の祖母の妹ということです」と付記されているが。
くわえてこの一件をめぐって。手紙の一枚に「いつの日か清文にあてた今田秀邦さんからのことばをその通りうつします」とあって断簡が添えられていた。そこには以下のようにある。はたしてこれはどういうことなのか。一読わたしはいたく、驚愕させられたのだ。ほんとうなにごとがあったものやら。

「青春の　とあるひととき
今田家に　お前の席は　なかったのです
おまえは　角田末吉に　養子に行ったのではなく
行かされたのです
そして今　おまえは　京都の片隅で
青春の怨念を　詩《うた》い続けるのです
右手に筆を持ち　左手に盃持ちて
詩《うた》い続けるのです

愚弟より」

じっさいなんという「ことば」ではあるだろう。いったいぜんたいこの「愚弟より」の「おまえは」呼ばわりの数行はどういうことなのか。わかりようなければおいておくしかほかない。

五八年、三十一歳。一二月、結婚（周辺事情、一切不詳）。というのであれば、そのあたりも、おくしかないだろう。角田は、ところでここまでの空白をどうかしようにも、ほんとういったいぜんたい、私詩のたぐいの一篇、回想まがいの一文、をものしていなければ、そちらのほうからの推測もままならないのだ、完璧に。

閲歴でない。そんなことはどうでもいい。詩作である。それはさていかなる機縁で詩に目覚めることになったか。まったくもって自身も明らかにしなく盟友の宮内も存知ないとなれば誰も不明にしてわからない。わからないがこの年頃あたりから「詩学」投稿欄ほかの常連掲載組だったとの発言がみられるのである。[*3] ここらの事情はさきにみた大野とほぼおなじ経緯だったろう。角田は、かくしてその不明な期間にそうするほかなく、ただもうひたすら詩作に邁進したとおぼしい。「詩《うた》い続けるのです」

『追分の宿の飯盛おんな』

一九六二年、三十五歳。一月、第一詩集『追分の宿の飯盛おんな』（解説石原吉郎　思潮社）刊行。B6判、七五頁、収録詩一四篇。三部仕立て、Ⅰ、Ⅱに近作一一篇、Ⅲに、初期詩編抄として三篇。

いったいその登場の仕方をどういおう。角田は、じつにその首途からいかにも角田らしかった。ということは、そのままときの詩的潮流とあまりにもはっきりと背反乖離していたあかし、でもあるのだ。角田は、つまるところ詩法の意識をもちあわせた、そのはじめから特異の詩人でこそあった。

さて、それがいかように特異的ではあるのか。まずてはじめに表題作「追分の宿の飯盛おんな」からみてみよう。

この境涯も　また　定住の一形式だつたか
それとも　流転とよんでよいものだつたか

さむらいや商人《あきんど》にむかつては　おまえはこのように流れているといい
風狂の徒や捨聖《すてひじり》のかたくなな流れにむかつては　このようにとどまつていること
　のやさしさをつげしらせていたのかもしれない
追分　街道のわかれるところ
そこの宿に　とある日　老いつかれた俳諧師が旅装をといて　おまえを見つめな
　かつたろうか

そして　おのれに共通なものをおまえに見いだして　おのれのなぐさめとなした
　のか
いいや
ともすれば　流れいくことの単一の酔いにしがみつくおのれの発想の平べつたさ
　を越えでた高次のものを
おまえに見いだしたのではなかつたろうか
住みつかぬままの住みつき
離俗のかおりににおう向地性――
候鳥の酔いと
鉢植の盆栽のやさしさと
その二つながらを一つにあつめる　おまえの風雅空間に
おまえに　おのれは　まだ　遠くおよびいたってはいないと

いったいこれをどのように理解したらいいものだろう。「荒地」「列島」「櫂」……、わたしらがこのとき読んでいたような詩とそれはどれほど遠くあったことか。たとえばこの年に刊行された『言葉のない世界』（田村隆一）、『地中の武器』（黒田喜夫）、『紡錘形』（吉岡実）、『日常』（清岡卓行）、『わが詩と真実』（大岡信）などの詩集と較べたらどうだ。ほとんどまったくべつの世界の産物というべきものでないか。いわんや「六〇年代詩人」などとは。

『追分の宿の飯盛おんな』、まずはこの題に首を傾げられよう。「飯盛おんな（女）」は、宿場で働く遊女のこと。宿場女郎《しゅくばじょろう》ともいう。江戸時代には吉原遊廓のように、定められた遊里のみに遊女がいたが、飯盛女にかぎって宿場の奉公人という名目で半ば黙認された存在だったとか（水上勉に例《れい》幣使《へいし》街道は木崎宿の飯盛女の哀話を綴る短編がある）。[*4] くわえてその目次もまたそんな、「浮世絵」、「緼り」、「男娼おきみ」、「船島への舟のなか」、「三度笠」、「ある幇間の生涯」……、なんぞという異風ぶりなのである。

そうしてここに描かれている、遊女、男娼、凶状持ち、幇間、芸妓、俳諧師ら、それらほかの誰もかもみんな、はじっこの人生を生きざるをえないような、寄る辺ない輩の群れ、あてどない貧窮の徒ばかりというのである。

このことからもこの人にとっては、これらの者への篤い思い寄せのほど、それこそが書くべきものであった。というところではじめに告げておきたい。またその詩の捉え方そのままそっくり、おのれの身を処し保たんとしている。わたしはまずそこに参ってしまっていた。

それはさていまあらためて読み返していてこの、一篇「帰郷　その一」、それにふいと目が止まっていたのである。角田は、つぎの芭蕉の句を掲げて、以下のように詩行をつらねる。

――ふるさとやほぞの緒に泣く年のくれ――

血縁的なものの嘔吐のもよおし
それが想念としてではなくて　目から鼻から皮膚からしみこんでくるゆえに　おまえは詩人であるよりほかなかつた
この嘔吐の圏からのがれるためにだけ　おまえはさまよいあるいた
ほぞの緒の
ぬらぬら　なまぐさい膠状のつながり
どのような弁明をくりかえし　どのような純化の極をさししめそうとも　それが血縁的なもののすべてだつた
（前半）

いまこれをどう解釈したらいいものか。わたしにはさきにみた「愚弟より」の「ことば」を想起させられてならないのだ。そうしてここに「おまえは詩人であるよりほかなかつた」というゆえんをみると。どんなものだろう深読みすぎだろうか。

ところでこの集についていま一つおよびたい。角田は、大阪で生まれ、大阪で育った。このことに関わり、さきに「天野忠」の章において、こちらは書いた。「大阪は、戦前から戦後にかけて、一貫して小野十三郎の牙城である」と。角田は、おもえばじつになんとも小野リアリズムの城下にあってずっと反旗をひるがえすというか。ただもうひたすら自ら恃む詩をめざしてきた。
ついてはここで、初期詩編抄の一篇「聖戦《みいくさ》」、これをみられよ。

郭と街の灯も遠く一つにとける港
その秋
楼主とともに海をわたつた

わたしたち
水しようばいに身をもちくずすほどのものは
座席のない滑りおちの
典雅なほろよいぐらいは知つてはいたが
海をはさみ
むかしむかしの
おいらん帯のような豪奢な旅に

みんなはしやいだのだつた

みちあふれる大陸の街の慰安所
兵士たちは列をつくつて順番を待つていた
それは痴呆症のわたしの白い肌に喘ぎくいこみ
それは　また　いつか　どこかで読んだ小説本のうすれてしまつた記憶の背景の
　一本の木のようにもおもわれた

聖戦《みいくさ》はくずれはじめ
砲火の
にげのびる黄褐色の隊列のむこう
季節風帯の雨季も去つて
青
一つのくずれることのない一品料理のようなやさしさがひろがりつづいていた
これをまたどう解釈したらいいいか。いったいこのとき、こんなふうな反動なんぞとでも指弾されかねない一篇をまたよくも、ものしえたものやら。これにはちょっと驚愕されたくある。いまこちらにはそのように促すぐらいしかできない。みるように角田はというと、いわゆる戦後の詩の流れとはおよそ相容れそうにない独自の詩を書いてきた、それだけに生易しくはない。ほんとうのところどう解したらいいものであるか。

このことで石原吉郎の跋文「角田清文について」にふれたい。ところがこの文章がどういうか、それこそ角田詩のせいか、いやどうにも晦渋なものなのだ。石原は、まずもってその冒頭に「角田清文について、なにごとか僕に語れるなどとは思わない」と一言をおいてからいう。

「まず文体からおさえてかかる彼の姿勢のなかに、歳月をかけてあらそおうとする勝負師のような、なみなみならぬ決意をうかがい見ることが、たしかにひとつの不安であった」「彼は読者の予感をほとんど裏切らない。そのような意味で、彼は誠実であるということもできるであろう。だが、これを誠実と呼びうるためには、なおいくばくかの悪意を僕らは必要とするかもしれない」

これがまた、どういうような意味の指摘ではあるものか、わからない。わからないなりに、これよりのちこちらもまた「不安」と「悪意」をもってみてゆくべき、ことなのであろう。

『衣装』

一九六三年、三十六歳。一〇月、第二詩集『衣装』（現代詩人双書・第七冊　解説平井照敏　思潮社）

を刊行。B6判、七八頁、収録詩二一篇。

　これがなんとも『追分の……』の翌年の出版というのである。一集は二部仕立て。Ⅰ「歌の衣裳」一一篇、Ⅱ「句の衣裳」一〇篇。Ⅰの扉裏に以下のパウロの言葉を掲示。

「――あなたがたは、主イエス・キリストを着なさい――ローマ人への手紙」

　これがどのような詩集であるのか。いまここにあえて乱暴を承知で手短にいっておく。つまるところ、古今の句歌を手掛かりに、もって一篇の作品を仕立てんとする、やりかただと。そしてこれがのちの角田の方法の主筋となるのだが。ためしにその一篇「色狂い　その二」をみられたし。


――あはれなる流されびとの手弱女《たわやめ》は媼《おうな》となりてここに果てにし――茂吉

頼母子の講元をつとめる初老の女がいた
いつも　ねむたげに草履をひきずつてあるいていた
ある日　突忽として　あつめた銭をどさまわりの役者にいれあげてゆくえはわか
　らない
色狂いとよばれるそのできごとは　少年の日のわたしを遠いめまいへ突きおとす
そして　いまもなお　突きおとしつづけているのか

わたしがやがて堕ちいる色《いろ》のやまいの予感のおののきでもなくて
その初老のしわくちやの肥満になおのこる物語りの模様への執念のおどろきでも
　ないのなら
いつたい　あのめまいは　なんだつたというのか
（前半）

これをどうみたらいい。いまもなお「わたしを遠いめまいへ突きおとす」色狂いの「初老の女」。じつにその女もまた「主イエス・キリストを着」ているのだ。そうではないかと。角田は、そのようにこの詩で訴えているかだ。

もとより句や歌をもとに詩を織りあげる。このあたりについては詩法として少なくない例があり特段どうということはない。しかしながらこの一集で留意すべきことがある。どうしてかここで第一詩集にはみられなかった「主イエス・キリスト」が突如迫りだしてくることだ。ひょっとしてときに発心し受洗でもしたものやら。

――不幸な女と、主の存在と。

というところでどうだろう。このふたつがクルスをなかにクロスするところ。そここそがこののち角田の詩の生誕の場となってゆくのである。おそらくちがってはいまい。

それはさてとしてここで正直にいっておくことにする。じつはいまだこの一集においては角田がのぞもう達成がみられないことだ。などとどうしてまたそんな見方をもってしまうのやら。

ついてはあえて私見をはさむことに。「不安」と「悪意」と。それをもって二点をあげておきたい。

一つ、おそらく出版の経緯から双書の一冊にとの版元の慫慂があった。そういうのでじっくりと時間をかけえなくなり急遽まとめたりもしたやら。どういうかやっぱり、角田にしては少しばかり瑕疵、ありではとみるのだ。

一つ、ここでの試行がのちの詩集にあって実践されること。そうしていっそう確固とした成果をみせるのである。ついてはこの詩集はおいて後述にゆずり以降におよびたいと。

「日本伝統派」

一九六五年二月、角田は、「日本伝統派」（長谷康雄、沖浦京子、三井葉子、角田実兄の今田慎平ら）創刊に参加。同誌は翌年六月終刊。というように短命であったものの、小野十三郎リアリズムの向こうを張ってなんだって「日本伝統派」、なりとはいや気骨はほんまもんだ。このことでは前記の対談「清文・照敏・安西均」の三井葉子の発言がある。ときに角田が「敵わぬまでも小野十三郎にムシロ旗立てましょうや」と気炎を上げたと。

角田は、おそらくこの詩誌の創刊の宣明化に関わり主導的な役割を果たしただろう。つぎのような発言をみられたくある。これがどういうことをいわんとしているのか。いやなんとも理解がゆきがたいのだが。

角田は、聖典から、いまや死者然とある（日本の歌や句）との「〈Connaissance——共生〉」なる概念を引きだし、それを仏教でいう「〈同時成動〉」とかさねて、「〈同時成動〉の核心は〈co—共〉であり、〈co〉は〈法《のり》〉であり、ひいては詩法であるのだ」として以下のようにいう。[*5]

「こんど大阪でぼくらは『日本伝統派』というささやかな詩誌を創刊したが、それは伝統と正面にくんでキャンペーンをはろうとしたのではなく、伝統という途轍もない容器をもつ祭壇にささやかな一碗の飯〈co〉をそなえ、〈co〉のひかりの中で、失われた未来を掘りあてようとしたにすぎぬ」と。かくしてこの論考のしまいにつぎのように擱筆するのである。

「〈伝統〉を解明するために、ぼくらの国のすぐれた訓詁の徒であった本居宣長のライフワーク『古事記伝』を例にひきだしてこよう。ここにおける〈伝〉とは注釈あるいは解釈を意味するが、もしそうだとすれば、〈伝統〉とはそれぞれの主我的な死者性から釈放（解釈）せられ、一なる〈co〉のひかりの中へ統《す》べられ、ともに未来へ伝えはこばれてゆくことではなかったか。日本語の〈伝統〉とは日本の詩法であった。合掌」

これだけではよく伝わりっこないか。ついては引用の一文のほか、「流離の恍惚感と創造——地方性の逆説——」、「詩における〈聖なるもの〉——下根凡夫の言語論——」、などの論稿を参照されたし。すればなにがしか得られようから。

そしてそれらがどんなに「荒地」以下の主流の戦後詩論と相反するものかわかろう。ついてはつぎの一節なんぞはどうだ。[*6]角田は、「主が十字架のうえで、はじめて母マリアにやさしかったのは、さらにきびしく母を拒むためであり、さらに遠く母から遠ざかるためだったのだ。ぼくらが日本とかかわる姿勢も、主のようでなければならないのであり、それを信仰個条として抜きだして書けば、つぎのようになろう」として宣明する。

「ぼくらが日本に帰るのは、日本へ帰るために日本へ帰るのでなく、日本から離れるために日本に帰るのである（註：原文ゴシック）」

生涯一底辺労働者

一九六六年、三十九歳。九月、角田は、一九年五ヵ月務めた大阪市役所を、清掃局係長から税務課への異動を機に税徴収を厭い退職。一〇月、織吉に入社。なんとこの会社にたまたま宮内がいたのだ（宮内は、無頼派であってそれ以前、映画関係を渡り歩いてなんとあの怪優勝新太郎の付き人などをしていたとか）。ときの宮内の回想にある。[*7]「自己退職の末、京都で妹さんが経営する会社に来た。そこに私がいた」

というところで糊口のほうをみよう。角田は、職歴としては以後、主に警備ガードマンとして日産自動車ほか二社を経て、死の前年まで松栄警備保障に勤務。じつに生涯一底辺労働者だった。このことに関わって、角田と長年交友をあたため通勤仲間でもあった山村信男（一九三三年〜）の一文、それを引いておきたい。山村は、がんとしてかたくなにするその下降志向と底辺労働へのこだわりについておよぶ。*8

「世俗のなかでの立身出世に費やす努力、生の力点をそこに置くことのバカバカしさを君はとおに知っていたんだ。この（註：底辺労働者を）〈志す〉と（註：底辺労働者に）〈甘んじる〉の相反する落差のうちに、ちらっと、君のナイーブな含羞が覗くんだ。じつはその含羞こそ君の詩がしぼり出される、というよりも、あたかも胚胎してくる原器、あるいは素地であるように思えるんだがどうだろう」

いやまったく「含羞」そのとおりだ。そのことがこの人を詩へ向かわせつづけた。わたしもまた首肯するところだ。

六七年、四十歳。七月、職場の関係で、大阪市東淀川区小松中通りより、京都市伏見区向島庚申町（なんと千年古都的町名なるか！）へ転居。角田は、ここにきてようやく大阪人から京都人になりえたのである。

そういえばこの秋頃のいつだかの午のことだったろうか。さきにわたしは初会から「そののち会ったのも二度かそこらを数えるだけと」と書いたものだが。じつはそのうちの一度のことをよく憶えているのである。

そのときぼんやりと河原町三条あたりをほっついていた。なにしろ「ノイローゼの俘虜」みたいだったのである。するとぽんと背を叩かれ振り返るとへんなの。なんとそこに角田さんがお仲間といらしたのだ。そこで相棒だと紹介されたのが詩人の平井照敏《てるとし》（のちに俳人に転身し照敏《しょうびん》となる　一九三一〜二〇〇三年）である。これがいま一人の角田の盟友なのだった。こんなにまでも角田が「わたしの盟友平井照敏は実作者として俳句へ越境した」（「あとがき」『日本語助詞論』）と称揚してやまないかた。

それでまずは名喫茶として知られる六曜社でコーヒーとなった。つづきそれじゃまあ一杯とさそわれて暖簾をくぐっていた。あれはたしか酒房「静」だったかも。それがはじめての乾杯とあいなり歓談となっていた。

このときいったい何をはなしたものやら、いまやあらかた消えてしまっている。しかしこれだけは忘れられそうにない。どういったらいいか。それはそう、まったくもって人間が詩を裏切っているという、ことである。ちょっとへんなのである。

なんともちぐはぐ。わたしの眼前にいたのは、そんな名のごとく角張った人懐っこい顔をくずして、なんや砕けた大阪弁まるだしで面白そうに喋りやまない、けったいな関西のおっさん。そんなふうだった。

「天野忠はん、あんた読んでんの、あんなんあかん、いけすかん、どもならんのや、あんなの詩やない、隠居噺やで……」

いやまあその唾飛ばしぶりは、なんかんこんな口説きまがいだった。そうあの、「〈ね〉の女」(『イミタチオクリスチ』)、のような。

A——→B

いつまでも　なかよく暮しましょう、ね
おまえにはいつも　ねがくっついていたよ、ね
ねはね、おまえとおれをつなぎとめる間投助詞だったよ、ね
でもね、おまえはさきに死んじまったよ、ね

——→B

おれもやがては死んじまうだろうよ、ね
でもね、ねだけはいつまでものこるだろうよ、ね
きっと、ね、ね

りと舟を漕ぎかけていた。

↓

角田清文。詩もええけど、人もええやん。ときにわたしは酔っ払ってしまって、こっくりこっく

『イミタチオクリスチ』

一九六七年一二月、第三詩集『イミタチオクリスチ』（創文社）刊行。B6判、四六頁、収録詩一六篇。極薄っぺらな冊子まがいの詩集であった。

これがこの一集が決定的な出合いとなった（じつをいうとさきの二つの詩集はこののちに入手して読んだものである）。いやほんとうぞっこん参ってしまったのである。以来、角田は、わたしにとって特別な存在となったのである。

いったいこれをどれほど繰り返し手にしたことであろう。ついてはさきにこの一集をめぐって仲間内の小俳誌につたない一文をものしたことがある。いまここにこれを引用してみたい、ちょっと掲載誌の性格上俳句に偏重的すぎだが、いかほどかは理解のたすけになろう。[*9]

「俳句の面白さは読解（乃至曲解）にある。俳句は読みの文芸だ。角田清文。小生が敬愛する、知

る人ぞ知る、京都の詩人。この詩人が奥深い。なかんずくその定型詩に対する思いに格別深いものがある。わたしはこと俳句の読み方においては詩人から多く得てきている。今回はその第三詩集『イミタチオクリスチ』（六七年　創文社）にふれる。これがわずか四六ページの薄っぺらい小さな冊子ではあるが、なんとなし手放しがたくて、わたしはこの一集を三〇余年も手許にしてきた。それはさて詩人はというと、俳句を評釈するのでない、俳句を詩作するのである。まずは一篇をみよ。

死体工法

——狂ひても母乳は白し蜂ひかる——静塔

狂ひても母乳は白し（断絶）蜂ひかる

この断絶をつなぎとめるどのような工法があるというのか。どのようにもがき狂っても、生きながらえてこの断絶をつなぎとめられはしないのだ。かつて架けがたい橋を架けるとき、人柱というならわしがあったではないか。

カエザルの下卒の槍に脇腹を突きさされて血をながした基督の受難の白いしかばねは、神への接続詞だったではないか。

conjunction
corpse
coffin

接続詞　しかばね白し槍ひかる
（部分）

この詩をどう読もう。静塔の「母乳は白し」をもって、主の「しかばね白し」へとつなげる。この断絶の架橋は？　なんとアクロバティクな！　とこれを奇矯として退ける。はたまた詭弁として排する。そういう向きもある。だがそんな類ではない。

もう一篇「現存」なる作品をみよ。そこで詩人は鬼城の「冬蜂の死にどころなく歩きけり」の一句をしていう。

季《とき》にさまたげられて翅はもううごかない
冬蜂は死へあるいてゆく
このようにあるきはじめてから不動までの有限の距
　離になにが起こったというのか

あゆみとあしのずれ　たましいと肉のずれ
このわずかなずれの領域をみきわめよう

（部分）

ときに鬼城の冬蜂は十字架を背負って死の丘を歩む主イエスに重なる。いやもっと冬蜂はそのまま、イエスの秘蹟にあずかる。まったくもって頭がくらくらするような読みではないか。こうなるともう読解は創作にひとしくあり、わたしなどの理解の埒外にあるようである。

さらに「踏絵　その二」なる作品。虚子の「絵ぶみして生きのこりたる女かな」の一句をひきついで。

生きのこってのち
おまえはなにをしたのだろう

女身《にょしん》だったから
子を生んだ
（部分）

このやさしい呼ばわりかた。このまったき赦しのありよう。どういったらいい。ここらはわたしが不明にするものである。いわれはよく説明はできそうにない。そうではあるが面白いのだこれが。「あとがき」にある。

「『イミタチオクリスチ』とは、この詩集におさめられた作品の大半が主イエス・キリストにかかわっているからではない。論理と詩、批評家と巫女、現代詩と伝統詩（短歌俳句）、日本とヨーロッパ。これらの〈と〉にわたしが磔られているゆえに『イミタチオクリスチ』なのである」

角田清文。「キリスト者ではなく、キリスト教ディレッタントのなれのはて」の詩人である」

＊　＊

どうだろう拙文ごときでは、やはりあまり参考にならなさそうか。だけどほんとうこの詩人の立ち方また構えは独自なものがあること。そうしてなんとも他の多くの詩人の位置から遠く距たっていること。それだけは理解されるだろう。つづいてつぎの告白をみられたい。[*10]

「わたしにとって詩の主題は愛と死である。昔風にいえば相聞と挽歌である。この主題においてこそ、はじめて詩の高鳴りがあるように思われる」

いったいこの角田の信条はゆるぎない。くわえて現代詩を書くものとしてつねづね心しておくべきだとする定型詩への思いである。まったくいまこのように揚言しよう詩人がどこにいるだろう。「現代詩を書いている詩人はつねに、いま非定型を書いているという罪の意識にさいなまれていなければならぬ。そして定型へのあこがれを持ちつづけていなければならぬ」

これはどういう意味のことであるか、ここでちょっと先走りいっておこう。

非定型・散文→まんなか（中心）、定型・短歌俳句→はじっこ（周縁）。こんなぐあいの図式化はナンセンスか。

ここにいう、定型へのあこがれ、とはつまり、周縁へのこだわり。そこからなんと見事な詩歌句の交響をみせえたことか。

＊　＊

ところでいまにいたるまで角田について書かれた批評ほかをみることはなかった。ほとんど皆無といえる。そんななかにあって京都の詩人への論究の多い河野仁昭が正面から丁寧な角田論をものされている。それを引きたい。[*11]

「角田さんがイメージする「女」は、およそ自己主張せず、ひたすら従順で、その白い肌にふれる男に心理的な負担をまったくかけない。端的にいえば、男のエゴイズムにとってまことに好都合な美徳のすべてをもつ「女」なのだ。しかもその「女」は、男にかい抱かれたほとぼりが冷めぬまに故郷へ歩みさり、再びあいまみえることなく夭逝する」

河野は、まずこのように皮肉まじりにはじめる。そして否定するかといえば否定しない。どころかつづき以下のごとくとどめるのだ。

「角田さんの詩的冒険は、現代ではリアリティの乏しいそういう古風な「女」を、あるいはそういう「女」への恋情を、反詩的ともみえる西欧的な論理や、記号や、形象によって再生せしめることにあろう。逆のいい方をすれば、論理や記号を詩的に耐えうるものにするために、ことさら古風な「女」や、そういう「女」への恋情によってそれを受け止めさせるのである。反現代的なものと反詩的なものを、どこまで、現代的で詩的な構造のなかに生かしうるか、それはスリリングな詩的冒険であるにちがいないのだ。角田さんは充分に成功している」

どうだろう、これぞ「充分に」理解できる指摘である、といえよう。いま一つ引こう。それはさきにみた詩「現存」を俎上にしてのものだ。河野は、つぎのように明解にのべている。

「それにしても、その鬼城の句からアナロジカルな要素を引き出すというよりも、現代詩をその句から紡ぎ出す手際は、尋常ではない。俳句や和歌のみに限らない。記号や助詞や論理からも、手品のように詩を紡ぎ出す。その方法の原理は、まことに古風な「女」と、その「女」には似ても似つかぬ論理や記号をからみあわせて詩を構築することと、基本的には同じだろう。彼の想像力は「女」から記号を、記号から「女」を抽出する」
いやほんとうに的確な評言ではないだろうか。これをそれこそ「充分に」味読されんことを。

＊　＊

『イミタチオクリスチ』、素晴らしい詩集。いまこの項を閉じるに際してもう一つ詩「対極」をあげる。

——全長のさだまりて蛇すすむなり——誓子

たりた　くみ

少女よ　さあ　起きなさい
とぐろのような死のうずくまりから癒やされて起きあがったとき
少女はなんと高かったことか
つたえきくバベルの塔よりも

あおぎみるエルサレムの宮よりも
主の背丈よりも

少女はあるきはじめる
ああ　この高さはついに超えられはしないと
主は羞恥にまみれながら
そのとき　あの対極の遙かな十字架へ決意したのではなかったか
神へのひたすらな帰依も礫の肉のいたみばかりにおわるとき
この世の最小《ミニマム》を　この身に孕もうと——

さて、いかにこの詩を受け取られようか。

ところで角田清文について、わたしはこの稿の書き出しで「まずほとんど名も知るものとてなさそうで」「ぜんたいその詩が読まれることはもっとないだろう」とも念を押し書いたものである。それがなにわたしの身近に角田の真摯な読者がいらしたのである。ここにあえて名前をとどめよう。

故・肥後美子（筆名、たりたくみ）。幼児教育従事。二〇一八年九月一六日、昇天、享年六十二。故人は、イミタチオクリスチを深く生きた美しく清いクリスチャンであった。

『日本語助詞論』

一九七四年、四十七歳。八月、第四詩集『日本語助詞論』（創文社）前詩集と同様B６判、四七頁、収録詩二二篇。これまた冊子ふうの仕立てである。

一集は二部仕立て。まず目次のI、その頭に「――てにをはの夢《ゆめ》みし昏《く》れん女《ひと》へ――」と掲げ、「〈て〉の女」、「〈に〉の女」、「〈を〉の女」、「〈は〉の女」から、……、「〈ひ〉の女」、「〈と〉の女」、「〈へ〉の女」まで、一五篇。くわえて同工の五篇がつづく。II、前詩集を引き継ぎ聖書に材を取る二篇収録。

いったいこの執拗きわまりないほどの詩法はどうだろう。こうなると最初に「あとがき」を一瞥したほうがいい。

「日本語助詞論とは、すなわち日本語女死論であり、にっぽんのひとりの女の死の物語なのである。わたしは日本語のおろかな職人として日本語の細部への丹念さのみに賭けたのである。わたしの自負もおろかさも、この「のみ」という限定助詞にあってほかにはない」

日本語助詞論＝日本語女死論⁉

こんなふうにいうのだが、これだけでも頭がくらくらと、してくるようではないか。だけどもこの連なりのうちのどれか、とまれその一つをみることにしたい。ここではしまいの一篇「〈へ〉の女」

をあげることにしよう。

〈へ〉主機能は、方向性（あるいは途次性）であろうが、しかし、その到着性については、中世以降、〈に〉との混用がみられ、これら二つの助詞のつぎに到着性の動詞（たとえば「着く」）をいれて検証してみるとき、その微差はみきわめがたい。それにしても、おまえは故郷の盆地〈に〉かえりつき、そこで死んだのであろうか。それとも、故郷の盆地〈へ〉かえり着き、そこで死んだのであろうか。たとえ、どちらの助詞も、おなじ到着性の映像をはねかえしてこようとも、わたしは〈へ〉をえらびとろう。しかし、〈へ〉は、辺（へ）であり、方（へ）であったと語源的にあげつらうつもりはない。ただ、もう、わたしは、おまえの帰郷がどのようなものであったかをみつめているにすぎぬ。なぜなら、ひとりのオールド・ミスのよろめくような死の帰郷を、どうして、ふるさとびとがやさしくうけとめてくれようか。もしも、おまえが〈に〉の女なら、その舌は口蓋（故郷の盆地）にうけとめられて発音されたろうが、しかし、おまえ、〈へ〉の女はそうではなかったのである。しかし、左から右へ、そのみじかかった〈へ〉の峠の生涯にも、せめて、ひとときの華やぎの頂点があったといってやらねばならない。

これをどう読んでいかに解されることだろう。ひょっとすると、トリビアリズムだと、マンネリズムだと、アナクロニズムだと、しりぞけてしまう。そうすると失おうものが多くあるといおう。〈へ〉と、〈に〉と、そのみきわめがたい「微差」をもって、「ひとりのオールド・ミスのよろめくような死の帰郷」、そのありようを荘厳せんこと。じつにそれこそが角田の信条とするところなのだ。それにつけても〈へ〉をして、なんとそんな峠の形姿（絵文字）になぞらえる、こだわりようったら。

――Gott wohnt im Detail（神ハ細部ニ宿リタマフ）[*12]

角田は、ほんとにこの箴言を詩作に実践したといおう。このことに関わってここで、よりもっとその試行するところが、あきらかな作「Maria Magdalena」をみられたい。

どのような弁明がなされようとも、現世の衣裳はいつわりにみち、亡びにさらされていたのではなかったのか。だから、マグダラのマリアはひたすらに脱ぎつづけ、ついに裸身の〈女〉になり、あのように主とめぐりあうまでは、ガリラヤ湖のほとりで淫をひさいで暮らしていたのだ。しかし、そのひたすらな裸身の〈女〉こそは、主の屋根（ウかんむり）にまもられ、ほんとうの〈安〉らぎの女となったように、主のめぐみをうけとめるのに誰よりもふさわしかったのだ。

〈女〉と、それに（ウかんむり）がついた、〈安〉と。このふたつの漢字の字形をたよりに、これだけの世界を顕在させようとは。これもそっくり細部を鮮明にせんという詩法の実践といえるだろう。

ところでキリスト教についてであるが、角田は、みるところどうやら受洗はしてないもようだ。しかしながらつねづね篤く聖書を読み教会に通っていたとおぼしい。じつはこの集の「あとがき」でもまた前詩集と同じく「キリスト者ではなく、キリスト教ディレッタントのなれのはて」だと断ったうえで、桃山カトリック教会神父、カテキスタ、カルメル会神父、ヌヴェール会修道院シスター、それらの名を記し「どうか、いつまでも見まもってくださいますように」と頭を垂れている。

『桂川情死』

七〇年、当方、上京。角田からは、そののちも思い出したように詩書とともに付箋メモの便りが届いたものだ。わたしにはその詩にふれる、それがまれなことであっただけになお、ひそかな楽しみであった。ここからはその後の達成について、できるだけ手短に触れてみたい。

一九八二年、五十五歳。九月、第五詩集『桂川情死』（書肆季節社）刊行。B6判、箱入り上製衣装。限定三三三部。八七頁、収録詩三〇篇。

一集は二部仕立て。Ⅰ、前詩集からの継続主題たる「〈一〉の女」、「〈名〉の女」「〈背〉の女」と連鎖する「〈 〉の女」シリーズ、二一篇。Ⅱ、同工の女人哀歌の四篇、アルファベット文字を題材にアクロバティックに詩行を遊戯する五篇。

角田は、ここまで自らの詩法を恃み一途に歩んできた。それだけに一集にはこの詩の職人《アルチザン》の長きにわたる成果がみられる。ここではⅡの女人哀歌の一篇「萩と月」をみてみよう。俎上にあがるのは芭蕉。はたしてつぎの人口に膾炙した句を踏まえて、いかようにひと味違う包丁の捌きをみせようか。

一家《ひとつや》に遊女も寝たり萩と月

この句の萩と月は、ながいあいだ、わたしにとって謎であった。なぜ遊女と同宿の翌朝《あした》の訣れにしたためられたこの句の下五が萩と月なのか。俳諧師（詩人）も遊女も、その流亡性において同類といわねばならぬ。そうだすれば、むしろ萩と萩ではないのか。それにしても、なぜ萩と月なのか。萩を遊女に、月を芭蕉になぞらえたりするつまらぬ解釈も流布しているようだが、わたしにはどうしても納得できぬ。巨匠がそんなつまらぬ発想にもとづき萩と月の取りあわせをしたとおもえぬ。もしかすると、萩と月は〈剥ぎ〉と〈付き〉という動詞の名詞形をひそめもっていたのではなかったろうか。〈剥ぎ〉とは、遊女への未練のあえてする放擲であり、〈付き〉とは、遊女への未練のどうにもならぬ残留であったのだ。

萩と月は、反未練と未練のあわいに磔られた芭蕉のいたみの絶叫だったのだ。

そして、芭蕉も遊女も、はなればなれに、さらなる流亡の細道に旅立っていったのだ。

はてさてこれにどんな説明が要るというのだろう。ついてはさきに引用した「追分の宿の飯盛おんな」と見較べてみられたい。そこでの「俳諧師」と「飯盛おんな」と。それがこの一篇では「芭蕉」と「遊女」とに置換されたのみ。であればどんなふうに茶々を入れられてもよろしい。なんたる、停滞、こだわり！　言葉遊び、そんな「萩」が〈剥ぎ〉であり、それで「月」が〈付き〉だって、字謎解き。はたまた、芸当、こじつけ！

親爺ギャグ以下……。角田は、そんないくら笑われても指さされても変わらないのだ。いわずもがな、いやまったく変わりようとて、ないのである。それはもう表題作「桂川情死」からそうだ。

むかし、二十年余もまえの話だが、洛西の冬涸れの桂川で、ある年上の女と情死のまねごとをして、しくじったことがある。しくじりの原因は、冬涸れの水量の少なさだったのではない。内部の水かさの低さだったといってよい。どたんばまで、あのように、おのれを追いつめながら、ついに内部の水かさは高まることはなかったのである。あのとき、水の冷たさばかりが身にしみた。

あれが梅雨どきの桂川であったなら、情死をなしおおせたかもしれない。そして新聞の三面記事に心中事件として小さく掲載され、すぐ忘れさられたかもしれない。いや、たとえ、それが梅雨どきの濁流であったにしろ、ついに情死とはならなかったのだ。それは単なる物理的な死にすぎぬ。情死の必須条件は内部の水量による。

あれから、しばらくして女はひとり備前の里に帰郷して病没した。おれだけはだらしなく生きのびて内部の涸れた川に水割りをそそぐ。おれには近松的ドラマツルギーなどないといってよい。

しかはあれども
逝きたまひけるひとの魂《たま》しづめせむ
言の葉のうへのみにてぞ　うち嘆き
嘘をつげつつ

かつら　つら　つら
うつし世の恋　つらかりけると
かつて　まことの相対死《あいたいじに》
かつら川にありきと
つらぬく誓ひ
らい世にかたく結ばれしふたりありきと

ここでまず浮かぶのは、さきにみた河野の「しかもその「女」は、男にかい抱かれたほとぼりが冷めぬまに故郷へ歩みさり、再びあいまみえることなく夭逝する」なる一節ぐらいで、もうなにも出てこない。

ほんとうのところこの一篇をどう理解したらいいものか。どうにもこうにも手に負えそうにないのだ。こうなればここは本人がする自解にゆずることにしたい。[*13]

「「桂川情死」の第二連で、わたしなりに修辞の限りをつくした。それにしても、わたしにとって修辞とはなんであったのか。……。修辞は言葉の装飾や美化のためにあったのではなく愛の高まりのためにあったのだ。もちろんレトリックは技術的側面をともなうかぎり頽廃に堕《(ママ)》いりやすい。だがデカダンスの谿に堕ちる危険をおそれていては、どうして愛の山巓をきわめることができようか。

わたしは愛にこだわるかぎり、修辞的なこだわりを生きる」

などというのであるから、どうにもまた頭がくらくらと、してきてならないようだ。

『相対死の詩法』

一九八三年三月、散文集『相対死の詩法』（書肆季節社）刊行。角田が残したただ一冊しかない散文の集。角田であればありきたり、なんてありえないがこれがほんとう、角田でしかありえないものだ。ここまで引用でみてきたが、まずは内容についていうと、それらは「日本伝統派」創刊時前後の論考をはじめ、ひたすら自身の詩法を点検し展開するという、そのことに一貫しているしだい。しかもここに収録されるのは、ほとんどすべて九割以上が小同人誌に初出のものという、そこからして角田らしくある。

なかでもそうなのである。いうところの無名の詩人（大半は女性）の詩集を論評する小文なのである。これがよろしいのだ。なんとこの集では大阪の詩誌「七月」掲載の十四篇もの多くがならぶ。これがまた角田なのである。いったいどんなものであるのか。いまここでは紙幅の都合もあれば一篇の一部だけみてみる。

題は「〈解き〉〈結び〉――丸山まゆみの作品「時間」――」

わずか一週間ばかりで／もくせいの花の匂いも消えた／灰色の空にゆっくり雲が往
き／樹々はやわらかさをとり戻して風に靡いている／わたしは心をうちこんだふり
して／冬越しのむずかしい草花の株分けや／雑草をひきぬいている／いつも動いて
いる手を追っている／秋のおとなしい陽ざしの中で／白い手がしきりに土を掬って
いる／時の移ろうのを見ている

まずもってこの詩を頭に掲げておよぶのだ。「丸山まゆみ様、この「時間」と題されたあなたの作品は、空、風、陽などの自然のたたずまいの変化、そして、また大地の四季の植物の移ろいの時間（物理的な時間といってもよいでしょう）を孕みながら、もうひとつの時間が流れているのではないでしょうか」「〈時〉は動詞〈解く〉の名詞形（動詞連用形の名詞用法）の〈解き〉であったといわれています。ものごとを〈解き〉ほどき、解体させ、また結んでゆくのが時の仕業なのです」云々。

こんなふうにオマージュを捧げるようなぐあい。これはそれこそ角田のほか誰もよくなしえない礼節こもる辞ではないだろうか。ある人曰く「ロジックのマジック」（鈴木漠）なる称揚だろう。いったいつぎの告白はといったらどうだ。

「わたしはいちども作品を批評などしなかったといってよい。わたしは、そのときどきの作品とだらしなく同衾して、刺しちがえたのである。いわば心中したといってよい。……。抒情詩人のわたしにとって、論証のただしさなど、もともと、どうでもよかったのである。作品を抱きとめ、抱きしめるときの、論証の切なさ、論証の甘美さ（やさしさ）、フランス風にいえば〈douceur〉こそ、すべてであったのだ」（「「あとがき」にかえて」）

さらにまたこの行為は『相対死……』所収の「七月」稿の以後もなされている。これがおなじ関西の詩誌「アリゼ」創刊号（一九八七年九月　隔月刊）から九七号まで七〇篇近く寄稿をみていると。[*14]ほんとういったいこの献身はどこからくるのか。

『抱女而死』

一九八七年、六十歳。四月、第六詩集『抱女而死』（書肆季節社）刊行。B6判上製。七七頁、収録詩二三篇。

一集は四部仕立て。Ⅰ「漢文」、Ⅱ「論理」、Ⅲ「はじっこ」、Ⅳ「小さな物語」。Ⅰ、Ⅱは、語彙定義編ぐらいにみて、Ⅲ、Ⅳは、少女哀歌編とでもしよう。

いったいぜんたいこの一集をどういったらいい。どうにもこうにも、ここにきて方法意識にあまりにも雁字搦めになって融通無碍さにかける、きらいがありすぎ。というかわたしには理解がゆきがたくあるのである。

角田は、英語はもとより、ドイツ語や、フランス語も、堪能だったという。ここにきてくわえて漢籍までが動員される詩作をみるというのだ。それがどんなものか、まず表題作「抱女而死——あるいは　Ecce homo——」から、みることにしよう。

　歴史のなかで繰りかえし彫塑されつづけてきたピエタ像は、もちろん後世の美術家たちのつくりごとである。カノン（正典）には、そのような記述はどこにも見あたらぬ。

　…………

　その生きてある日に、女に縁もなかった男が死してのちにも、どうして女に抱きとめられることなどあろうか。だが、しかし、たったいちどだけは、フランス語風にいえば、女をしかと抱きしめたことがあったのではないか。

十字架にくくりつけられたまひて
——attaché à la Croix
ア　ラ　クロア
イエズス死セリ
ア　ラ　クロア

アラ
ララララ

抱女而死（ハウ・ジョ・ジ・シ）　（部分）

これぞまさにそうだ。方法意識を首途から一貫する角田の面目躍如の一篇。そういいきっていい。しかしこれをじゅうぶんに享受するにたる素養にかけているといおうか。なんといったらいいものか言語と博識の網目のためもあり、わたしなどには、とかくすると自由に放恣に想像がゆきとどかなくあるぐあい。いっぽうつぎのような一篇「論理の叙情——いとしの美季に——」にようやく微笑まされるしだいなのである。

現代記号論理学では、〈しかし〉とか〈けれども〉というようなワイセツで、いいわけがましい接続の仕方はない。あるのは、ただ〈そして〉だけだ。〈そして〉

の明晰さのきわみの接続の仕方があるだけだ。

わたしの末娘よ。失恋にうちひしがれている美季よ。だが、おまえはけっしてつぎのように書いてはならぬ。

……………

I loved him, but he didn't love me.

おまえはつぎのように書きさえすればよかったのである。

I loved him, and he didn't love me.

〈and〉の明晰さには、どこか、つつぬけの宗教的澄明感がただよい匂うのだ。たとうれば弥陀の大悲のような――。美季よ、おまえは〈and〉によっておまえを済度しなければならぬ。

He didn't love me, and I loved him.

（部分）

いとしの美季に、〈but〉の女ではない、〈and〉の女になれよ、とはいや角田だ。もう一つだけ、おまけにこんな一篇「はじっこ」はどうだろう、これが笑える。

わたしが知っているのは

いたいほど身にしみて知っているのは
まんなか（中心）のつまらなさだ。

主イエズスさまは
はじっこをあんなにも愛された
あの「周縁」への偏愛だけを生ききったといってよい
あしなえ　取税人　めくら　淫売婦……。
マルコ伝五章やルカ伝八章にでてくるあの宿痾の女（その名は聖書には記載され
　ていないのだが）もまた
主のボロ衣《ごろも》のはじっこにふれて
癒やされた
「なんじの信仰、なんじを救へり」。

わたしもまた
あの遠い日の無名の女をまねて
はじっこへの信仰だけを

ひっそり
生きる
――パンツの　はじっこ
　ちょっとだけ　さわらせて――。
（部分）

「まんなか（中心）のつまらなさ」でなく、「パンツの　はじっこ」という。はしたなきまでのはじっこ「周縁」もはじっこのきわみ。それにふれんと願うことこそ聖なるものに列なるあかしなり。そのように自ら律しひたすら詩を書きつづけた。

「……だらしないわたしにも、たったひとつだけは、操（みさお）と呼びうるものがあったのだ。処女詩集『追分の宿の飯盛おんな』の若年の日から、一本の杭のようにわたしをずっと貫いてきたもの、それは、薄倖の女たちへの偏愛であった。それゆえにこそ、この詩集を『抱女而《ハクジョジ》死《シ》』（女を抱きて死す）と名づけたのである」（「あとがき」）

どんなものだろう。まったくもって詩人はというと、「パンツの　はじっこ」をさわる、それすらも現実にかなわなかった。いわずもがな「(女を抱きて死す)」は夢の夢だったのだ。まああたりまえにも。

そしてともあれこれが最後の詩集となっているのである。盟友宮内憲夫は、かく回想する。*15

「現代詩に比類なき詩跡を残した一人の男としての詩人、角田清文はその残日を、軽い鬱と引きこもりでの猛烈な読書とアルコール漬け、強度の惚けに対する強迫観念を打ち払う手段としての、電話魔でありメモ魔と化して疲れ果てたのであろうか……」

二〇〇三（平成一五）年、一二月二七日、角田清文死去。享年七十三。わたしは訃音に接してしばし瞑目し肯ったのだ。

角田清文。ほんまあんたは、方法なる十字架、そんなようわからん難儀でしんどいもんを、生涯負った詩人、やったのやなあ。

＊1　宮内憲夫私信（二〇〇六年二月一日付）、同封便箋四枚コピー。
＊2　『資料・現代の詩』（日本現代詩人会編　一九八一年　講談社）
＊3　対談「清文・照敏・安西均」宮内憲夫・三井葉子（「楽市」五四号　二〇〇五年九月）
＊4　「くがみの埋み火」（『秋夜』一九八六年　福武書店）
＊5　「日本の詩法とは何か」『相対死の詩法』（一九八三年　書肆季節社）所収。以下、特別な註記のない引用は同書から。書肆季節社（社主、政田岑生）は、塚本邦雄の著作を多く手掛けるほか、衣更着信詩集『孤独な泳ぎ手』、石寒太『愛句遠景』など貴重な詩書を出版する。
＊6　「日本とは何か」
＊7　「不良少年老人　追悼角田清文」宮内憲夫（「現代詩手帖」二〇〇四年八月）
＊8　「きれぎれの朝に」山村信男（「風の森　角田清文追悼号」四一号　二〇〇四年一二月）

＊9　拙稿「断絶の架橋」（「ににん」二〇〇二年秋号）
＊10　「わたしにとって詩とはなにか」
＊11　「おんなの再生――角田清文」（『詩のある日々　京都』一九八八年　京都新聞社）
＊12　アビ・ヴァールブルク（一八六六～一九二九年）、ドイツの文化史家・美術史家の言葉とされる（諸説あり）。
＊13　「愛と修辞」
＊14　「追悼・角田清文」以倉紘平（「アリゼ　角田清文追悼号」一〇二号　二〇〇四年八月）
＊15　「含羞の不良少年詩人」宮内憲夫（「アリゼ」）前掲

清水哲男

首都の風

清水哲男。あらかじめ断っておきたい。本稿では兄弟をともに俎上にすれば非礼ながら煩瑣をさけて名前の哲男。それだけで呼ばせてもらう。むろんこの人を知るきっかけは、いわずもがな昶の兄だからである。

一九六四年四月、当方は、大学に入り京都に出てくることになった。しかしながら同じ春にそれこそ擦れ違いもよろしい。哲男は、京都を背に東京へ去ってしまったのだ。

そういうわけなのだが初めて会ったのはいつだったか。あれはその翌年の夏の初めか東京から嵐山に同宿の弟を訪ねてきた。おもえばどうやらその日の午のことだったとおぼしい。このとき電話は呼び出しであれば、ハガキか電報で来訪を伝えておいでか。ときに初めて見る人はというと、ビール罎を半ダースほど提げて、ふいと門を潜り現れたものだ。

本宅から離れてある門番小屋であった昶の三畳間。そこでときにいったい何を喋りあったものなのであろう。おそらくわたしらが東京の熱い詩の話題をねだったのやら。いまとなってはもうすっかり話は煙になってしまっている。だけどあのビールが旨かったことったら！（だってそのころあの昶も当方もまったく嘘のようだが飲酒の習慣はなかったのである）。深夜、痩身で美声の客人は、タクシーで颯爽とどこかへ。

かっこ、ええ、ほんま！　十九歳の山出しには、ごっつう、格好良い兄貴だった。そしてこれからのち兄貴は幾度か嵐山へ寄っているのだった。そういうわけで、わたしらはビールと詩の話を待ち望むようになった、つぎはいつかと。

哲男、首都の風をはこんでくる颯爽の人。それが初印象だった。これからおいおい語ってゆくのだが、わたしには眩いばかり、そんなすっとした姿がよろしかった。

ここまでずっと閉鎖京都系の詩的交友圏をめぐってきた。哲男は、たしかにその圏域から出発したのである。そうであるはずなのだが、どういうのか書く詩からそもそも、ちがってみえたものだ。重くなく、閉じていなく、軽やかで、開かれていた。こんなのびやかで、やわらかく鋭い詩があるのや、ほんまええなあと。

じつはこの人と会うそのまえに、わたしは昶の本棚の哲男の詩集を持ちだして、すでにその詩を読んでいたのだ……。

それをいうとなんぞと、そんなつんのめるように話をもってゆくように、すべきではないだろう。まずもってここでもそう、そのさきに大野新の章でもあげたように天野忠の「あんなぁへ」なる京都弁の教えるところ、それにならうことにする。

ではこれからゆっくりと、「自筆年譜」[*1]を参考のうえその補いとして哲男俳句[*2]を摘録し、すすめてゆくことにする。

＊　　＊

一九三八（昭和一三）年、二月一五日、父武夫、母敦恵《あつえ》の長男として、東京府中野区鷺宮に生まれる。昶は二歳下。父は、東京帝国大学工学部火薬学科を最優秀の成績いわゆる「恩賜銀時計」組でもって卒業後、軍隊に入隊、陸軍中佐。戦後は花火研究家。熱烈な宮沢賢治敬愛者で、詩集『火の学界の着席順』（国文社）を持つ。

四四年四月、中野区大和国民学校入学。一一月、B29東京初空襲。

四五年、七歳。敗戦。父、公職追放。秋、母の実家を頼り大阪府三島郡（現・茨木市）に転居。春日国民学校に転校。

四六年冬、父が郷里で農業に就くため、山口県阿武郡高俣村（現・むつみ村）羽月野集落へ。高俣小学校に転校。以後、中学二年生までの六年間を当地で過ごす。じつはこの村暮らしがその詩作に深い陰影をもたらす背景となるのだ。つぎのような句からその景がそれと浮かんでこよう。

山笑う生活保護を受けている
弟泣くぞ登校一里の坂の春
逆上がりまっさかさまの山口県
田植えする父にきらめく鉄拳あり
田の母よぼくはじゃがいもを煮ています
父上が殺したまいし鶏の顔

五一年、十三歳。秋、母が過労で臥す。父が農業を諦め、再び大阪茨木に転居。茨木西中学校に転校。

五二年春、父の職場が決まり、都下西多摩郡多西村（現・秋川市）へ。多西中学校に転校。投稿紙誌に漫画と俳句を盛んに投稿。

五三年四月、都立立川高校入学。五六年三月、同校卒業。吉増剛造は同校の一級下。この基地の町への通学も大きく影落とす。

五八年、二十歳。四月、東大受験に落第二浪後、京都大学文学部哲学科入学。同人誌「青炎」（大

串章、佃学ら）創刊に参加し、句作に熱中する。中村草田男の「萬緑」に投句。そのいっぽうで入学時より学生運動へと傾斜してゆくことに。以下の句は学生生活の一端を詠む。

院生咯く月の京大文学部
汗くさき青年歌集明日ありや
冬蝶や窓閉めて刷る同人誌
府警の若者我殴るとき亀鳴くとき
デモのぞいてる百万遍の印刷屋
愛されず冬の駱駝を見て帰る

五九年、学生対象の総合誌「学園評論」（五二年七月～五六年一一月　学園評論社）の復刊に加わり編集に携わる。昶の本棚に同誌「谷川雁〈百時間　大正行動隊の手記〉」が載る号（六二年五月）ほかに幾冊かあった。

六〇年、二十二歳。六月、安保闘争。京大ブント（註：共産主義者同盟）の委員として、街頭デモに明け暮れる。またこの頃より句作に軸足を置きつつも、そのかたわら現代詩を習作するようになる。なぜ俳句から詩へと？　哲男は、第一詩集『喝采』の「僕のノオト」で「僕がはじめて出す本は少なくとも詩集ではなくて、句集か俳論集でなければならなかった」として書いている。「ことほどさように僕が必死ですがりついていた俳句を止めた理由は、簡単に云ってしまえば、底無し沼のように何でも呑みこんではばからないその詩形式が恐しくなったからである。素人考えでは便利そうにみえる季語の使用についても、とうてい僕の能力と人生経験では生かしきれるものではないと悟った。誤解を怖れずに云えば、やはり俳句は老人の文学なのである」（「僕のノオト」）

さらにいま一つおよぼう。それは詩と学生運動に関わってだ。ときは警職法闘争（五八年）から安保闘争への時代である。[*3]

「当時は闘わぬ代々木共産党から離脱した若者たちを中心に、共産主義者同盟が結成された時期でもあり、ブントを主軸に展開された闘争の過程で、ぼくが学び得た最大の事柄は、簡単にいってしまえば、観念の力強さということであった。観念の力が物質の力に転化していく、その劇的な現場にあって、おそらくぼくは自覚しないままに「詩」のほうに引き寄せられていたのである」「観念の力が物質の力に……」、なんとなしその昔の政治学生のアジ調よろしいしだい。ここらのことは当方にとっては、じっさいのところ自身が「劇的な現場」を体感していなければ、じゅうぶんに理解できそうにない。しかしながら運動がもっとも高揚するなかにあっては、定型が退いて、詩が現前する、そのように感受されるような一瞬があることはわかる。それは「はじめに」であげた谷川雁をいま一度浮かべられればいいだろう。

「けだし詩とは留保なしのイエスか、しからずんば痛烈なノウでなければならぬ。詩が来たらんとする世界の前衛的形象であるかぎり、……」

つまりここにみる喩法からしてそうだ。あきらかに詩は定型の袋を破る形象となるはず。そうなることが必至であるからだ。

さて、哲男は、これからいよいよ詩に身を入れることになるのである。この年、「京都「現代詩」を読む会」に参加（以下の稿の周辺については大野新の章を参照）。

六二年、二十四歳。二月、同人誌「ノッポとチビ」（大野新、河野仁昭、有馬敲、深田准と）創刊に最年少で参加。はっきりと句を離れ詩人の途を歩みはじめる。哲男は、のちに「まことに、私は若かったのだ」として回想している。[*4]

「学生の頃は、目覚めるとすぐに詩（のようなもの）が生まれてきた。洗顔の前に、それをノートに書きつけておくのが日課の一部だったこともある。／……／左翼の暴風が去って、私は詩のなかでひとり逆上していたというわけだ。「ノッポとチビ」は、そんな若者にとっての絶好の火薬庫でありつづけてくれた。なつかしい双林プリントのインクのにおいさながらに、この雑誌は私の若さを挑発してやまないのであった。／私は若かった。そして同人の諸先輩も」

哲男は、こんなふうにひどく若く熱くたちまちその才を現すことになるのである。いやほんま信じられない。なんともそれは詩を書きはじめて二、三年かそこらの早い実りというのだ。

『喝采』

一九六三年、二十四歳。二度目の四回生。二月、第一詩集『喝采』（文童社）刊行。B6判、三〇頁、収録詩七篇。極薄の冊子風の詩集。なんと一集は大野の最初の詩集『階段』と体裁も頁数も同様という。タイトルを「待たれている朝」としたかったが、山前實治社長の「そんなん、詩集の題名らしゅうない。絶対にあかんで」の一言で「喝采」にきまったと。

なんと社長の命名の素敵なこと！　おもえばわたしはこの集で初めて哲男の詩を読むことになったのである。ところでまずこの首途の集の背景はいかがだったか。ついてはさきにみた「僕のノオト」の引用につづいてある一節を片隅にとどめておかれたい。

「詩を書くようになってからも、常に僕は俳句の酔いが頭の片隅に残ったままであることを感じざるを得ない。自分で云うのも口はばったくて変なものだが、この小詩集をアリアドネの糸のようにつらぬいているものがあるとすれば、良いにしろ悪いにしろ、それは俳句的な眼の所産に集約されてしまうだろうと思う」

まったくその俳句への打ち込みは尋常ではなかった。哲男は、さきにみたようにはじめは句集を出す心積もりをしてきたのである。それがなんとも大野の『階段』を一読し心変わりしたらしい。[*5]

「自分の非才もわきまえずに、『階段』に負けないような詩集を持ちたいという願望が、心の底から湧き上がってきたのだった」

ところで、のっけから断って始めなければ、ならない。じつはさきにこの集について、わたしは書いているのである。[*6] それがいまみるにつけても、コッ恥かしくひどいダメ稿、なることといったらほんま！ なんといったらいいものか。ただもう十八歳の山だしが初めて、その詩にふれて痛く感動新たにした。そんなようなものでしかない。

いうたらマニア症候群的レターのたぐい。とてもでもなければここに引くようなしろものでない。しかしそれからすでに半世紀余りたっている。だがいまにいたってもその思いはかわらないのである。

などというような前置きはよしとして。まずともあれ表題作「喝采」をみることにする。

だが
あなたの思い出はない
私のなかには
花もない
学校もない
あなたの網膜のあわいには

吐息につつまれた町と
敵の後姿が
やさしく光っている
（冒頭）

これは恋唄である。冒頭のっけから「だが」にはじまる否定。そして繰り返しされる「ない」「ない」つくしの辛さ狂おしさ。さらには呼ばわる「あなた」との隔たりよう。これは青春である……。なんていまもってわたしには、そんなふうにマニア時代とおなじに反復するぐらいにしか、できなさそうである。それはさてとしてである。じつはこの一篇についての昶の評をちょっと紹介したくある。[*7] こんなようなのである。

「網膜のあわいに、やさしく光ったままで在る吐息につつまれた町と敵の後姿、それを夢を拒絶した後に生えてくる夢のなかから、なおも見つめている苦痛、それは、ほとんど生に瀕しながら生きざるを得ないわたしたちの縮図ではないのか」

そうしてそのつづきを引いてつぎのようにいう。

未来に関する
希望に関する

残酷な哲学のなかで
あなたは眠ることさえできるのだ
けだものの目蓋を透かして
私が所有する
あなた
その肺胞
その涙
空の思想
はりつめているだけの痛み

（同前）

「「あなた」とは来たるべき新鮮な意識の揺らめきであろう。あるいは人間が、その初源に持った意識そのもののおびえと言い換えても良い。未来や希望をわたしたちに強制するなにものかである「あなた」の実体に、けれどもわたしたちは触われない。わたしたちは、ただ「あなた」の「はりつめているだけの痛み」を所有するのみなのだ」

これをどう読んだらいいか。兄の詩を理解しようと、ガンバル、弟の懸命な思いのほど。そこらはよく伝わってはくる。しかしながらどういう。なんだかどうも観念的すぎて引用詩がなお不分明になった、きらいもなくはない。

いたしかたない。ここはやっぱり哲男の最大の理解者、大野新の言葉を借用させてもらおう。[*8] それがよろしい。

大野は、「ノッポとチビ」において「清水哲男の最初の挨拶が「喝采」、翌月二号の作が〈River blue《ママ》〉で、はなから、ひどく甘美な鍵音であった」という。ここでそれぞれのエンディングをみよう。「ああ／じっと喝采を聞きいっている」（「喝采」）、「噴水は無い／この町のどこにも」（「RIVER BLUE」）、いやこの疎隔感と否定辞はどうだ。これらにまた「ひといきに眠ること／夢みはしまい／／夢みはしまい」（「唄・一九六一」）もくわえよう。

大野は、このことに関わって、まことに的確にもその「甘美な鍵音」について以下のように、つきつめて述べているのだ。

一つ、「個人の運命的なカタルシスを、結局は大きなニヒルにゆずる叙情性や、詩を志から断つ韜晦」と。

一つ、「判断中止とその解放の美しさ、散見する日常的イメージの唐突なかがやき」と。

そしてそれにいま一つくわえる。このように釘をさすぐあいにも。

「だが、哲男の詩における青春放棄には、彼が、いわば目の自然、目の驚きの新鮮さを維持するかぎり、意図よりは目の裏切りにあって、詩は青春を継続している」と。

ここらはさすがに大野なるかといおう。見るべきところは、それこそ天野忠ゆずりの「いけず」よろしい微苦笑でもって、見ぬいておられる。ほんとなんという具眼の士であることか。

というところでこちとら山だしのことなのである。はじめてその詩を読んでわからないなりにひとり、これが現代詩なんや、ええなあほんまなあなんて思い馳せるようにした。そこらのことをちょっと付しておくことにしよう。

首都の風。それである、すなわちときの詩の前線に吹く旋風をおぼえたこと、そうなのだ。このことの関わりでそう、昶に教えられるがまま読みかじっていた新しい詩、それをこそ感じたのである。「ドラムカン」や「凶区」や、などなどの首都前線の「六〇年代詩人」のことだ。

たとえばそうだ。スイングするような、岡田隆彦（一九三九〜九七年）の、フレーズのよろしさ。

これなどどうだ。

降りしきる雨の日に
あるいはまた干からびた冬の日に
私は変ってしまった
と言ってくれ
君の青白い額に唇を重ねると

唇が青くなってしまうのだ
（「ラブソングに名をかりて」冒頭『われらのちから19』一九六三年）

くわえてこれだ。シャウトするような、吉増剛造（一九三九年〜）の、フレーズをあげよう。こんなぐあいの。

おれは雑巾を張りめぐらせた一隻のヨット
血の海原を引き裂きながら進む丸木舟

おっかさんがドブの中で懐妊した時から
ぬるぬるした雨は降りやもうとしない
どこまで走っても
緑の原野に到着することが出来ない
赤い頬をした少女に出会うことが出来ない
（「丸木舟」冒頭『出発』一九六四年）

これら若く新しい六〇年代の首都の同世代詩人らの熱さ柔らかさ。哲男の詩はそれとおなじ、息吹に満ちていたのである。どこがどうというのか、それはもう天野忠はおろか、大野新、またのちの角田清文ともむろん、ちがっていたのである。そしていつとなし山だしはその詩行を暗誦することと声にしていたのである。

河

激しいあなたの舌打ちを浮べ
街中の鏡を泡だらけにする
かつて
パリでペトログラアドで
妄想はそのようにふるえていた
ラ・ラ・ラ
氾濫におびえたラグタイム
私たちは頭をたれて歩き
屈葬のかたちで
対話にしがみつく
朝は

敷石の下の声に誘われ
水しぶきをあげて
白日のはじまりである

（「RIVER BLUE」前半）

いやいまこうして写していて思いをあらたにする。どんなものだろうここで私事におよべばそうなのだ。清水哲男・昶兄弟。わたしはというと、はじめに昶に詩の途に誘われ、そうして哲男の詩を読んで深入りしたと、いうほかないようだ。いやはやほんまなんとも因果なことがもあるものやら。しかしながら良いのだその詩はといったらもう。

『水の上衣』

一九七〇年、三十二歳。六月、第二詩集『MY SONG BOOK 水の上衣』（赤ポスト、[*9] 非売。のちに『水の上衣』と改題）刊行。

限定二五〇部・非売品。新書判、七六頁、収録詩一二篇。こちらにはこの集については思うことが少なくなくあるのだ。だがここでまずはご本人のこの引用からみることにする。[*10]

「第二詩集『水の上衣』を出してもらったのも、この年（註：七〇年）だ。正津べん（勉）とやべみつのり君の、熱い友情による。詩にはほとんど関心を失っていたので、できあがってきた赤い表紙に黒いジャケットの小型詩集は、さながらわが青春の墓碑のように見えたものだ。友人知己に少部数配って、あとは押し入れのなかに放り込んでおいたため、反響というようなものは、無きに等しかった。悲しくも、腹立たしくもなかった」

これはどういうふうなことであるか。ここらあたりの経緯から説明していくことにする。つぎのようなしだいだったのである。

七〇年一月、当方は、じつをいうととうとう食い詰め京都をトンズラ、つまりは逃げ出し上京することになったのである。そこにその裏にある愛すべき人がいらした。

やべみつのり（一九四二年〜）。絵本・紙芝居作家。尾道生まれ（芸人・漫画家、矢部太郎の父）。もっぱらこの頃は雲古と猫を描いておいでだ。それでこの人と当方であるが、そのさき旅先の広島で偶会してから、ながらく文通を重ねることに。というしだいでこのとき当方は行き所なく中野区は野方に住むこの人のアパートの一室に転がり込んで勝手に居候をきめこんでいるのだった。

するとそのうちなんとやべが『喝采』にぞっこん魅了されてしまうことになっている。そういうのでたまたまわれらが宿の近く高円寺北に住む哲男に引き合わせることになったのである。そんなような経緯があって小生らが新しい詩集を出したいと提案したものやら。うちの幾篇かを読んでいたわたしが上梓を薦めたか。あるいはひょっとして本人からそれとなく内心もらすようにしたか。

はじめのうちは曖昧に言葉をにごしていた。いまは詩をまったく書いてない、それに纏めるだけの数もない、と。哲男は、このころずっと「詩にはほとんど関心を失っていた」あえていえば「失語期」（大野新）だったのである。そのあたりを年譜から摘録してみてみる。

六四年、芸術生活社に入社。六五年、「芸術生活」休刊、河出書房「文芸」編集部に入る。六八年、河出書房倒産、ダイヤモンド社嘱託。六九年、編集プロダクション設立。七〇年、会社不振につき、ライター稼業に転身。五つほどペンネームをもって、月に三百枚も四百枚を書いていた。なんだかとてつもなく凄まじいありさまだった。じつはこの頃、やべとこちらは、哲男の差配で糊口の仕事を、なんだかんだと、戴いているのだ。

ときにライターの仕事では書き下ろし『スポーツ・ジャーナリズム』（三一新書　一九七一年）には目を見張らされたものである。いや違った。ほんというと目蓋を熱くさせられた。たとえばこんな一節にぐっときたのだ。これこそ高俣村羽月野集落の野球小学生時代のものだ。

「私の観覧席は柿の木の下にあった。

もう二昔以上も前、自分の家にラジオがなかった私は、野球放送を聴くために、近所の中学生の家の軒下に二時間くらい立っていなければならなかった。その中学生は決して私を部屋にあげてくれなかったので、窓枠にしがみつくような格好で、ガラス越しに志村正順や倉田充男の名調子を聴いていた。／……／ラジオから流れてくる球場の種々雑多な音は、私の村には絶対にない音であった」

なんぞと横道にそれたが、そんなこんなで、ともかく詩集づくりが、はじまっていた。わたしは編集となっている、だけどなにも実質してない。なにもかもみな、もうやべの一途さあって、できたことだ。

などといいはじめたら切りがないというもの。だからここからその詩をみることにしたい。ところでこの集は四部仕立てであるが、あえていまここで大きく二つに分けてみてみたい。一つは、前半の叙情的な短目の六篇。一つは、後半の激昂調の長目の六篇。まずもって前者の一篇「美しい五月」はどうだろう。

唄が火に包まれる
楽器の浅い水が揺れる
頰と帽子をかすめて飛ぶ
ナイフのような希望を捨てて
私は何処へ歩こうか
記憶の石英を剝すために
握った果実は投げなければ
たった一人を呼び返すために

声の刺青は消さなければ
私はあきらめる
光の中の出合いを
私はあきらめる
かがみこむほどの愛を
私はあきらめる
そして五月を。

さてこれをどのように解したらいいのだろう。なんともこの詩集を編集したことに、なっている当方ではあるが、どうにもその魅力を言葉にできないのだ。いえるのはこんな芸のないことだけである。

「私はあきらめる」。それはこの三度のルフランの甘美さからくる。つまるところは「個人の運命的なカタルシスを、結局は大きなニヒルにゆずる叙情性」からくるようだ。

「私はあきらめる」。なんてそのここちよさはこの、ドスの利いた殺し文句というか捨て台詞の吐きかた、からくることはまちがいない。これぞ「判断中止とその解放の美しさ」なろう。ついではまた甘美のきわみのこの一篇「少年」はどうだろう。

火に向わせるもの。私を酒に連れていくもの。そして花に、永遠の若い時間の前に、私をひきすえるもの

私は十二歳。赤い眼鏡をかけている。もう会うこともない若い両親は、小皿をしきつめた部屋で眠っている。どんな希望のために私は働くのだろうか。陰湿な流れ星。人間は十二を越したらもう駄目さ。

歯の間の嵐。水の外套。私は涙のように時間を区切る。歩いている姿がいちばん醜いと信じている精神よ。ざあっと外套をぬぎすてて、私は流れるにまかせた影の退路を拓く。

鏡よりも少し小さな私の頭。のぞきこむと、光には深さもないし、壁もないことが判る。肖像の背後で鳴っている音。いったい私には何が美しいのだろう。放っておいてくれ。世界中の水溜りにうつっている花々が、すでに汚れて私の中にあることがどんなことであるのか。私は説明するために考えてみたい。

これなどはどうだ。そんな「人間は十二を越したらもう駄目さ」なんて。ぐっとこないか。ところでじつはこの一篇を俎上にして「この詩のねらいは、私のなかの「少年」を殺すことにあった」として長目の自解をほどこしておいでだ。まずはそれを参照されたくある。[*11] ただこれについてはわたしには、さきの大野新のこんな口癖がふと、よみがえってきてならないのだ。

「あんなぁ、テツオは面憎いほどほんま生まれつき泣かせどころを心得たような、やっちゃ」

なるほど。哲男はというと、ありえないが生まれながらの、手練れなりとは。なっとく。

それにしてもだ。その「詩は青春を継続」する。しかないものか。


「黒色紀行」

『水の上衣』、叙情的短詩も捨てがたいが、激昂調長詩も良いのである。じつをいうとこの一集でよりもっと注目したいのは、わたしにとっては後半におかれている六篇なのである。そのどれもみな俎上にしたくあるが。だけどここではこの一篇「黒色紀行」にとどめることにする。できることならば全行引くべきであろう、しかしながらこれが八十行におよぶというのである。紙幅がなければ部分でがまんするが、是非おのおのが詩集にあたられたし。

米一升魚一匹
一家四人のぎらぎら光る眼の前を
死んだはずだよお富さん
闇行商の男が唄って過ぎる
生きていたとはお釈迦さまでも
これが本当の人間の唄だったと
肩に食込む背負籠の群を
何年も何年も夢の坂道にひっくりかえし続けてさえ
ついに気づかなかった私が
今故郷の花の影を踏んでいるにしても
それは単に修辞の問題につきるのさ
…………
今故郷の決して笑わない人たちに会って
なんとバナナを二本も食べさせてもらって
笑いながら京都の話　東京タワーの話
バタリー方式の鶏舎をつぶし

清水哲男

高い豚の子を育てては買い叩かれる話
今は馬　絶対に馬　馬喰の熱い舌
耕耘機に単車に十四インチテレビジョン
自衛隊の演習場　温泉　青年団長かけおちす
嫁は来ん　誰っちゃ来ん
八年年上の女を妻にしたKの
すばらしかった鉄拳が闇に垂れている
おかかをもらって何にする
昼はまま炊き　洗濯に
夜はぽちゃぽちゃ抱いて寝て
抱いて寝たけりゃ子ができる

…………

「どうしてここに帰ってきたのか」
深夜手洗いに立って外に出ると
米一升魚一匹
十三年間の闇の深さが

老いた水の音をしっとりと含み
雪の音　かるい　水の音　つめたい
雪の降った日妹がはしゃぎながら
傘をさして風呂に入った昔の状景が
いきなり白い手拭になって足元に落ちた　（部分）

いったいこれをどう読まれることだろう。このことでいえば前項で哲男詩をして「重くなく、閉じていなく、軽やかで、開かれていた」とその叙情性の清新さにおよんでいる。だがこれはちょっと趣がちがっていよう。

しかしなにあってだろう。ときにこちらにその詩行がつよくひびいたのだ。それはじっさい、いやその衝撃のほどは、どうしてなのか。そのあたりをさきの年譜をここで再度みてもらいたい。するとやはりここにいきつく。

「四六年冬、父が郷里で農業に就くため、山口県阿武郡高俣村（現・むつみ村）羽月野集落へ。以後、中学二年生までの六年間を当地で過ごす。じつはこの村暮らしがその詩行に深い陰影をもたらす背景となるのだ」

ほんとそうなのである、この村がそれはもうじつに大きい、というべきなのである。わたしはしばしば哲男・昶兄弟からきいている。

父の公職追放のため、一家四人で高俣村に移住、五反百姓の生活をする。親戚筋の雨漏りの厳しい四畳半で身を寄せた後、父が自力で家を建てる。「畳がわりのムシロを敷いた竹の床が、歩くたびギシギシと鳴った」云々と。

このことに関わってみる。前掲作に「十三年間の闇の深さが」という一行があるが、六三年秋、故郷の村を再訪。哲男は、懐かしい同級生と語り合って「貧乏は、肉体をさいなみ、精神を破壊する」と思い知らされ、つぎのように自らの詩に引き寄せて記すのである。[*12]

「終戦後の混乱にかきまわされた少年期をもつぼくたちの世代の生み落とす作品が、無意識的にもせよ、この精神と社会との相剋に触れてくることは、間違いの無いところであろう。少なくともぼくは、この点に詩的発情の原点を感じて詩作してきた。「詩作」というのは、むしろ正確ではない。本音を吐けば、それは苦しさあまっての「呻き」に似ている」「ぼくたちは這いまわり、泥をなめながら、表現へのかすかな光明を求めて、数限りない試行錯誤をそれと知りつつ持続しつづけている世代なのだ」

「詩作」は、「呻き」。「這いまわり、泥をなめながら」。これこそ暗く苦しい六年間にわたる高俣村暮らしが溜めた唾とともに吐かせた言葉であろう。そんなちょっと哲男らしくはないが。このことの関わりでまた、どうしても引いておきたい。それは宮沢賢治にふれた文章である。[*13]

これからの本当の勉強はねえ
テニスをしながら商売の先生から
義理で教はることではないんだ
きみのやうにさ
吹雪やわづかの仕事のひまで
泣きながら
からだに刻んで行く勉強が
まもなくぐんぐん強い芽を噴いて
どこまでのびるかわからない
それがこれからのあたらしい学問のはじまりなんだ
（宮沢賢治「稲作挿話」部分）

まずこの詩を掲げていう。「「テニスをしながら」勉強をつづけていた町の子よりも「泣きながら／からだに刻んで行く勉強」をしている農の子の態度を是としていたことを知ったことによって、自分の短い過去（註：高俣村暮らし）を肯定してよいのだという自信を与えられることになった」と。

さらにもう一篇を掲げていう。

なにがいったい脚本です
あなたのむら気な教養と
愚にもつかない虚名のために
そこらの野原のこどもらが
小さな赤いももひきや
足袋ももたずにゐるのです

…………

もし芸術といふものが
蒸し返したりごまかしたり
いつまでたってもいつまで経っても
やくざ卑怯の遁げ場所なら
そんなものこそ叩きつぶせ

（宮沢賢治「詩への愛憎」部分）

「このようなタンカをきってみせる賢治その人を理想化することによって、私は町や都会へのコンプレックスを次第に逆転化できるとさえ考えていたのだった。この詩の脚本を都会と言いなおして、

「なにがいったい都会です」という具合にである」「そのとき賢治の短気はまた、往時の全学連ラジカリズムの波長とよく似合っていた。あらゆる権威・権力に唾をかけ、観念や心情は具体の理論を越えて突っ走ることが多かったからである。「そんなものこそ叩きつぶせ」というシュプレッヒ・コールだけが、運動の索引車のようでもあった。おさなかった。短気は必ずしも現実の前で有力というわけではなかったのである」

「黒色紀行」、ここまでご本人の回想をとおしてこの作品の背景をみてきた。ところでこの一篇についていうと、いやことにその激昂ぶりといったら、わたしにとって格別なるものだった。それはどういうことか。じつをいうとこの作のおかげで、なんなら自分もわが田舎を主題にして詩作してよし、そうすればいいと力づけられた。だからひとしおなのだ。

さらにいま一ついっておく。それはこの詩に「ノオト・引用の唄は、「お富さん（春日八郎唄）」「子守唄（茨城地方）」の一部を使いました」と付されていることだ。いやほんとうこの詩句と俗謡の見事な婚姻はどうだろう。わたしはここから詩と唄の結び付きに気づかされたものだ。ついでにもう一つおよびたい。

おかしいなあほら
つれられつれろん

ぼくの大きい頭がゆれて
誰かに想いだされたくて
せめて血反吐を！
がんばっている

（「つれられつれろん」終連）

今は未だほんのあぶくにすぎないものが
もう踊らもう踊りもう踊る
影はまざり私に告げる
いねましものをいねましものを
かくも笑いさざめき踊るとは。

（「書きたくなかった61行」終連）

どんなものだろう。ここにみられる擬音・擬態表現の豊穣なありようったら。わたしはここからしぜんとその効用を伝授されることになったのである。そしてのちにそのことが擬音・擬態を多用するわが第一詩集の詩篇につながったようなのである。

ところでここにきてわたしが一つ哲男に問いたかったことにおよぼう。それはもともと詩集の表題は『MY SONG BOOK　水の上衣』であった、それがなぜか『水の上衣』と改題[*14]した経緯についてだ。「MY SONG BOOK」、とあえて冠した意をめぐり、作者のいうところ編集としてもつよく了解したのである。哲男兄よ、SONGでもなくPOEMでもない、SONGでもありPOEMでもある。そこにこそ、ほんとうにめざすべき詩があるとつよく訴えておいでではなかった、でしょうか。

『水の上衣』、それはさてとして哲男の「青春の墓碑」に相応しいできあがりだ。こののちもずっとこの墓碑づくりの下働きをしたことを記憶にとどめておきたい。

『水の上衣』以降

『水の上衣』。哲男は、ここまであきらかに「京都詩人傳」のひとりであった。このことでは時期こそちがえ、当方も京都の街で六年の年月を、どっぷりと沈湎しているのだ。そうしてまた哲男の詩も京都で読んできたのだ。そのようなわけでこの詩集の上梓にあたって、それらしく編集に名前をのせてもらった。

『水の上衣』。いまそのことの関わりでいえばそうだ。じつにこの一集はというと京都の青春の産物なのだろう気恥ずかしいが。わたしはそのように思っているのだ。そしてむろんこののちも交友はつづいている今日にいたっているのである。

一九七四（昭和四九）年、三十六歳。一月、詩誌「唄」（〜七五年四月）を、哲男と当方の編集で発行する（二号より荒川洋治が編集ほか諸事一切を担当）。いうたらここらが良い意味での閉鎖京都系なる往時の繋がりのよろしさか。
六月『水甕座の水』（紫陽社）刊行。これは過渡的な一集で頁数の関係もあり、前集の「美しい五月」にくわえ、次集『スピーチ・バルーン』収録の三篇も含んでいる。なかでは断然この一篇「舟に託して」となるか。

舟を押す（口笛もなく……）
故郷はいつだって水を割って帰る場所《ところ》だ
日は泥波のなかの杉箸の輝き
盥の塩が僕の背中で乾いていくとき
舟に血が来る　血の舌が来る
汚れひとつない皿にむかって　伸ばされてくる妹の舌が……
舟は薪で進むのだから
家族の舌ほどの悲しみは必要なのだ
繃帯をほどくように波線をほどいていくと
やがて故郷は

月暈のような煙を焚いて現れてくるだろう
それからだ　舟の血糊を落とすために
唾吐きながら　ずぶ濡れの闇を這いまわるのは
その前の僕に　何かすることでもあるのかといえば
それはもちろんあるのだけれども
　いまは言えない

いやほんとうじつに、なんともこの詩句の舟行さながらのはこびの、よさはどうだ。これについて大野新のこの大絶賛をみられたい。[*15] こんなふうにまでも、わたしらの参謀を手放しにさせてしまおう、とはであろう。

「幻華一瞬のうらのこの垂直な虚無。言葉のうらに寄るべき実体など何にもなくて、そのとき言葉は、花そのものというよりほかない。だが、この花。殊さら、時代の光背も円環もなく、「肩幅以上の欲望」も孤独も言わず、時流にも土着にも即かないが、ひたすら「私」を削ぎながら、花芯ばかりを匂いたてている甘美さは、ちょっと置きかえられるもののない気がする」

　これだけでもうじゅうぶんというものであろう。こちらごときが余分ななにをかいわんかだ。だろうが「スピーチ・バルーン」にもふれよう。そのうちの一篇「ミッキー・マウス」をみよう。

そのあかがね色に冷えた灰を
鼠蹊部に溜めたままで
僕はせっせと会社に通い（結婚もしたぜ）
友だちと酒も飲む
「ネバー　ザ・トゥエイン　シャル　ミート」
（二者とこしえに相遭わず……か）
僕らは軽く手をあげるだけで
死ぬまで別れられるのである

（終連）

これをいかに読まれるだろう。一つは、少年時代に熱中した漫画をもっていわゆる難解なる現代詩を笑う反俗性のよろしさ。一つは、「会社」「結婚」「友だち」という市民生活へのしなやかな肯定感があること。それがだが「ネバー……」と片仮名英語をおいて「死ぬまで……」と否定辞的断言でしめる。ここらがいうならば哲男一級のダンディズムなのだろう。

さて、『水甕座の水』以降、哲男は、なおいっそう詩作旺盛をきわめるのだ。じっさい七〇年代後半だけでも、七五年一〇月『スピーチ・バルーン』（思潮社）、七七年二月『野に、球』（紫陽社）、七八年三月『雨の日の鳥』（アディン書房）、七九年一一月『甘い声』（アディン書房）、とほとんど年間一冊状態よろしく、つぎつぎと間を置かず上梓している。

＊　＊

哲男は、手練れ。そのどれもが期待を裏切ることはない。それどころか心憎く満足させられてきた。しかしながらこれからの活動はというと、もうこの稿の範囲を離れること、はっきりと埒外におくべきものだろう。そうであれば紙幅からみて、『水甕座の水』刊行後二〇年、つぎなる一集にかぎってみる。

九四（平成六）年、五十六歳。四月、『夕陽に赤い帆』（思潮社）刊行。これは壮年を代表する達成を示す詩集であり佳作も数多くある。なかでも当方はこの一篇「マンニャン」にふれたい。

向う側に滑り落ちそうになって
目が覚めた
つけっ放しのテレビの画面から
小さな女の子がじっと私の様子をうかがっている

「あっ　マンニャンの目だ」と思った
マンニャンとは　小学校の友人の仇名で
もう四十年近くも会っていないのだが
まぎれもないマンニャンの目がそこにあった

マンニャンは　おとなしい子だった
でも　マンニャンは　いらいらさせた
いつも　マンニャンは　私の失敗の現場にいた
じっと見ていて　目の色ひとつ変えなかった

マンニャンの仇名の由来を　誰も知らない
マンニャンだからマンニャンだったのだ
そのマンニャンが駆け落ちしたのが三十年前
あの目が　男の何を動かしたのだろう

生活の向う側には　何があるのかわからない

人はいつだって向う側に滑り落ちそうになっている
マンニャンが　いつだってこちらを見ている
のどが乾いたので台所に立っていったら
上目づかいで水を飲んでいる女の子が　いた

なんでどうしてこの詩をあげるのか。あえていうならば、こういうことになるか。それはマンニャンの目のためなりと。

マンニャンなる女の子に高俣村の景が重なってならない。いうならばマンニャンは「黒色紀行」のキャラクターなのである。いつもずっと村の学校や畑やどこにもこの子の目が光っていたのだ。そうしていまなお東京の家にいて「台所に立っていったら／上目づかいで水を飲んでいる女の子がいた」という現実に立ちすくまされる。

マンニャンは現れるのである。「向う側に滑り落ちそうになっている」ときなど「マンニャンがいつだって　こちらを見ている」。いつどこども関わりなくふいと。

＊　＊

ここまでずっと哲男の詩の仕事にあたってきた。だけどおもえばこの人の最初の一歩は俳句であったのである。そうしてじつは詩作に励むかたわら、いっぽうで俳句に関わってきたのだ。であればやはりその俳句研鑽についてふれたい。句集に、さきに引用した『匙洗う人』ほか、『打つや太鼓』(二〇〇三年　書肆山田)、句書に、『今朝の一句』(一九八九年　河出書房新社)などがある。なかでも哲男主宰のネット連載「増殖する俳句歳時記」は長く広く閲覧されてきた。わたしもまた毎日楽しみにしたものだ(一九九六年七月一日から二〇一六年八月八日までの掲載七三〇六項)。

ここにその最後の稿を引用したくある。

「　被爆後の広島駅の闇に降りる　　　清水哲男

当「増殖する俳句歳時記」は当初の予定通りに、20年が経過したので、本日をもって終了します。最後を飾るという意味では、明るくない自句で申し訳ないような気分でもありますが、他方ではこの20年の自分の心境はこんなところに落ち着くのかなと、納得はしています。戦後半年を経た夜の広島駅を列車で通ったときの記憶では、なんという深い闇のありようだろうと、いまでも思い出すたびに一種の戦慄を覚えることがあります。あの深い闇の中を歩いてきたのだと、民主主義の子供世代にあたる我が身を振り返り、歴史に翻弄される人間という存在に思いを深くしてきた人生だったような気もしております。……。(清水哲男)」

四五年八月八日、広島被爆。それから「半年を経た夜の広島駅を列車で通った」とは高俣村への移住の途次のことだ。それからずっと「あの深い闇の中を歩いてきたのだ」。『換気扇の下の小さな椅子で』

第一詩集『喝采』、そこにこんな詩行があった。元気いっぱい、勇気りんりん。なんとも若書きもよろしい。

ぼくは二十三歳
軒づたいに朝が配る風はいらない
麦藁帽子と海をつなぐ一直線の朝もいらない
いらない　いらない
はじめて君が血を見た日の朝よりも
ぼくが待っているのは平凡な朝だ
なんでもない朝
目覚めたら見知らぬ部屋に転がっていて
滝のような激しい落差でどんどん年がとれる
朝よ　来い！

（「待たれている朝」部分）

時は待たない、「滝のような激しい落差でどんどん」、人は年をとる。十八歳のときにこの詩を読んでからもう五十余年！　はるばる来つるものかな、まったくそんな思いばかり……。

二〇一八年、八十歳。十二月、第一四詩集『換気扇の下の小さな椅子で』（書肆山田）刊行。なんと『喝采』から五十五年後の上梓という。これが哲男個人誌「ＢＤ」（二〇一七年四月〜　月刊）、体裁新書サイズ冊子一二頁、知友の少人数に郵送。そこに発表の一六篇（他誌の一篇）の一七作からなる。

どういったらいいか。さきにこれを恵送されて一読したときの言葉にならない、瀑布の落差、ではないが複雑しごくなる感情のざわめきは。ほんとなんといったら。

そこにはこんな問題もあったのだ。かれこれこの十年ももっと以前からだろうか、哲男の身体上の不如意な諸点を、なにかとよく周囲からきき気掛かりにしていた。だけどわたしは音信もしていない。

じっさいほんの近場に住んでいるのである。それなのに二、三年おきに、まったく不義理、非人情のきわみ、たぶん一、二度ぐらいだか。なにやかやの集会で顔をあわせるだけだった。

それでもってもっとも近くでは当方が哲男に会ったのはいつだったか。一六年一〇月というのだから、相当間隔をおいてのこと。でこのときだってある集まりに哲男が出席と声があってでかけたのだ。

それがしかしどうにもいささか辛いものがあったのである。いやなんとそんな歩行が困難、あの颯爽と格好よかった痩身の哲男がだ、介添えが必要になっていると。だけどまたそれからこのかた会っていないというのである。

それはさてとしてここまで辿ってきたしだいもある。どうにもちょっとこれを読解するだけの言葉がみつからないのだが。やはりどうしたってこの集にふれないわけにはいかない。『換気扇の下の小さな椅子で』。素敵な表題だ。みるところ、これはつぎのような日々の一齣からきているのやら、どうなのか。

日暮れ近くビールを飲みながら
ときどき立って台所に行き
換気扇の下の椅子に腰掛けて
煙草を喫う
たかが10メートルを移動するのに
10秒近くはかかる
♬歩けないのか

山田の案山子
そんな唄があったっけ
苦笑して
「トシだなあ」とひとり呟く
（「♬と歩行」前半）

この「唄」と、この「苦笑」と。本人をよく知る者にはちょっと目頭が熱くなる詩行だ。まずは題の「♬と歩行」の「♬」だが、これは音楽記号で歩行補助器具の絵文字だろう。おかしくはないか。そうして哲男にとって「ビール」と「煙草」とはそう、たとえ死んでも手放せない命のたね。だけどもそんな「10メートル」を「10秒近く」だとはなんとも。ほんと「トシだなあ」である。これにつづく行がこうである。

♬野原も山も薄みどり
僕らは子供の健脚部隊
ことさらに歩くことを意識させられるのは
あの戦時中以来だ
（同前）

「あんなぁ、テツオは面憎いほどほんま生まれつき泣かせどころを心得たような、やっちゃ」。それはそうなのだが、ウルウル、しそうでたまらない。ついでにもう一篇「血と泥」こんな涙物はどうだろう。

中学時代の友人で
山口県警の機動隊員だったＹＭ君は
訓練中に居眠りをして隊から外された

そのとき二十歳だった私はといえば
奈良の勤評闘争で
大阪府警の機動隊員に頭を警棒で殴打され
側溝の中にたたき込まれた（血と泥のにおい）
…………
機動隊員はみな若かった
同世代の彼らは同世代の大学生たちを
憎んでいたのだろうか

いちどＹＭ君に聞いてみたいと思っていたが
彼は以後一度もクラス会に出てくることはなかった

寒くなるとかつて私の打たれた部分が
いまだになんとなく痺れたような感じになる
最近では居眠りすることも再三である。

（部分）

高倶の村と、京都の街と。どうにも身体が不如意な哲男にとって、ひがな一日ぼっと、換気扇の下の小さな椅子に凭れかかり、おぼえなくも頭に浮かんでくるのは、やはりこの二つの画となるのらしい。するうちに「最近では居眠りすることも再三である」のだけども。ほんといったいどういう。つぎなる巻末の一篇「冒険ターザン」はどうだ。どういったらいいほんま。

みんながターザンだった
森に入り太い樹の枝に縄を吊るして大声で

清水哲男

アーアー　アーアー
ぶら下がって行ったり来たり
暗くなるまで
アーアー　アーアー

…………

いつしか無情にも朝が来て
蒸かし藷だけの弁当を提げて学校に行き
アーアー　アーアー
森のケダモノよりも怖い先生の話を
うなだれて静かに聞き
当てられたら
「わかりません」と小さく答え
アーアー　アーアー

…………

アーアー　アーアー
脊柱管狭窄症になったターザンのひとりは

杖を引いて夕日の眩しいコンビニの前でよろめいて
人生はゆめまぼろしなどと呟きながら
アーアー　アーアー
千円以内で買うべきもののメモをポケットに探ったり
していたのだった。

（部分）

清水哲男、傘寿を越えた「冒険ターザン」。
「アーアー　アーアー」。まだまだもっともっと、やっておられたしよ。「アーアー　アーアー」。
それにしてもである、その「詩は青春を継続」する、しかないものだから。

＊1　「自筆年譜」（『清水哲男図録』一九九五年　前橋文学館）
＊2　『句集　匙洗う人』（一九九一年　思潮社）
＊3　「詩的空白者の差し出口」（『唄が火につつまれる』一九七七年　思潮社）
＊4　「歳月茫茫」（「ノッポとチビ」五〇号　一九八二年三月）
＊5　「詩的漂流　処女詩集の成立」（『詩的漂流』一九八一年　思潮社）
＊6　拙稿「麦の酒の穂の青の……」（『現代詩文庫　清水哲男詩集』一九七六年）
＊7　「詩の辺境」（『詩の根拠』一九七二年　冬樹社）
＊8　「清水哲男への喝采」（『砂漠の椅子』一九七七年　編集工房ノア）

＊9　当詩集上梓、推進友好団体、清水哲男命名
＊10　「年録、この十年・あとがきにかえて」（『詩的漂流』）前掲
＊11　「唄が火につつまれる」（『唄が火につつまれる』）前掲
＊12　「同世代の詩人たち」（初出「京都大学新聞」一九六四年九月二一日）『詩的漂流』）前掲
＊13　「「決シテ瞋ラズ」・宮沢賢治」（『詩的漂流』）前掲
＊14　『喝采＋水の上衣』（一九七四年　深夜叢書社）
＊15　「清水哲男への喝采」前掲

清水昶

嵐山まで

清水昶。昶について、書くのだと？

いやはやなんとも気がのらないのったらない。とてもでないが書けそうにない。いや参った。それどころか書きたくもない。どうにもこうにも筆がしぶってならないのだ。

そりゃなんだってわたしを後ろ暗い道に引きずりこんだおひとなのだから。詩なんてものを書こうなどとは！　しかしここにきてそんなことを持ち出し蒸し返してもいたしかたないだろう。

ここはとまれ、「はじめに」で書いたことと重なるところも幾つかあるが、やるしかない。ところでまずどうするか、当方と出会うまでの年譜*1を抜粋、そこらからはじめてみる。

一九四〇（昭和一五）年、一一月三日、東京府中野区鷺宮に生まれる。本名・明《あきら》（以下、哲男年譜のそれから二年下にずらす、勘定)。

四六年、六歳。冬、山口県阿武郡高俣村(現・むつみ村)へ。高俣小学校に入学。兄と同様に六年生までの六年間を過ごした村暮らしの経験は大きい。ところではじめに兄弟についてみよう。弟はおかしく書いている。「「テッチャン」は、よく勉強のできる子供だった。ぼくは「あいつ」がいなかったなら、生涯ボーッとしていたかもしれない。中学・高校時代まで、教師にいわれた。兄を見ならえと[*2]」

五一年、十一歳。一一月、大阪府茨木市春日丘小学校に転校。漫画を描き始める。「ぼくは本気で「漫画少年」になろうとしていた。……。「ぼくは漫画家になる!」と母にいった。母はじつに悲しげな顔をして、どんなビンボーでも「大学」まで行きなさいといった[*3]」

五二年四月、東京都下西多摩郡多西村(現・秋川市)に転居、多西中学校入学。

五五年四月、都立立川高校入学。「(基地の街、福生)その風俗的なアメリカ「文化」に出会い、一種の敵意と反感を抱くことによって、ひどく右傾化していった。単純にいえば「反米愛国」といった一種の民族派右翼に共通した心情である[*4]」。同人誌「地しばり」創刊に参加。三年生頃から、短歌につよい興味をいだく。

五八年三月、同校卒業。受験に失敗し三浪。このときの鬱々と和まぬ日々ものちの詩作に大きく影を落としただろう。

六一年、二十一歳。四月、同志社大学法学部政治学科入学。政治学研究会に入会。六一年、政暴法（政治的暴力行為防止法）、六二年、大管法（大学管理制度改悪法）闘争と相継ぐ。「一回生から三回生のはじめ頃まで、ことごとくデモというデモに参加した」[*5]。二回生頃、学科の有志七名と社会科学の勉強会「動静会」を結成。ほんとうかどうか『資本論』読破したとおっしゃる。また同時に文学研究会に入会。最初、短歌を文研の機関誌に発表。そしていつ頃か歌の訣れをして、もっぱら詩に打ち込んでゆくと。

＊　＊

六四年四月、文研の新参の当方と交友。いまもわが目蓋に浮かぶのは部室の壁に貼られた大判の紙のことである。そこには昶筆のガリ切り文字で詩が書かれていた。はっきりと憶えている、なんとこれが石原吉郎の第一詩集『サンチョ・パンサの帰郷』巻頭を飾る一篇「位置」（初出、「鬼」第三〇号　一九六一年八月）であったとは。そののちに知ったのだが。おもうにこれがその胸のうちを語るものだったか（参照：九三ページ）。

六五年、二十五歳。初冬、第一詩集『暗視の中を疾走する朝』刊行（後述）。

そしてその年の春のいつだか。昶は、それがどんな段取りでか当方が住む嵐山の下宿の空き部屋に越してきている。下宿先は旧郷士の小松家。部屋は門番小屋の三畳間だ。当方は離れの六畳間に縁側付きの別格（じつはその昔に俳優田村高廣が住んだときく）。そしてそこからもうすべてがたちまち始まってしまうことになるのである。

どうしてこんなことになったのか。まずもって当方の事情からいおう。それはそう、わたしが生まれて初めて書いた、「同志社文学」六四年新人特集号、その苦し紛れの詩まがいの、ひどいもの。そんなのに目をかけてくれた、そのおだてに浮いてしまった。いっぽう昶の方はそうだ。このころわたしらの周りには同じような年頃（といって五歳上であるが）で詩なんぞを書くやつはいなかった。ほとんどまったく皆無といってよかった。そういうので詩を語る連れが欲しかったのだ。

そして同宿してから、ほんともうずっと詩を読み詩の話に明け暮れることになった、これが連日のごとく。昶は、のちに書いている。[*6]「この少年（註：正津）と詩の話ばかりをする日々がはてしなくつづいた。何も話がなくなるとお互に罵倒しあい、活力をつけてさらに詩の話を続行するといったぐあいである。ふたりとも栄養不足と運動不足に悩まされ、まるで痩せ細った詩が、ねそべったり起きあがったりしながら幽霊のように話しあっているみたいであった」

そうである。いまこれを写していて思いだした。「罵倒は評価の裏返し」「嫌い嫌いも好きの内」「アンチ巨人も巨人ファン」。よくそんなふうに昶が口にしていたのを。これはいい。

ここからわたしもその手で書かせてもらうことにしよう。そんなので昶さんよ、その昔とおなじに。ここにいけずなへらず口を叩いてもゆるされたしである。

それはさてとして二人とも学校へは出向いてないのである。下宿代は市内の半分位。だがどれほど街から遠くあることか。交通の便は最悪。交通費片道、昼飯一食分。時間も足代も大変、午前の授業は無理。そうなるとキャンパスから足が遠のくのもいたしかたない。

しかしどういおうか。わたしはというとすぐにも詩が書けなくなってしまっている。なにしろまったく基礎ができていないのだ。しょうがないだろう。ところがいっぽうで相手はどうだったろう。なんとつぎのように自筆年譜の六四年の項目に一行記しているのである。

「一日、一篇。狂ったように詩を書きはじめる」

毎日、そのとおりで、きのうこんなのを書いたんやけどと見せられるのだった、ええやろうと。ボールペンであの筆圧を込め引っかいたようなガリ版調で書き殴られたノートを。きまってその余白は漫画の落書きとくるのだった。

そこらをどのように説明したらわかるだろうか。なんだかわたしとしては昶の詩作のお相伴を務めさせられていたという。そんなふうなぐあいの日々がつづいたのである。

米村敏人

ところでここで昶と二人で創刊（一九六五年一一月）した詩誌「０００５」（のちに「首狩り」と改題。さらに「首」と再改題　一九六七年一月〜七〇年七月）についてみたい。それがだけど「はじめに」で註記したように当方の手許にはその一冊もないありさまである。というのでここでも大野新の一文[*7]を参照しておよぶことになる。まずはその稿で「早くから正津べんが脱け」とある。ついてはよくわからないが当方はというと三号ぐらい「首狩り」初号あたりで脱落したのではないだろうか。それはさてつぎのように大野はいっているのである。

「現在「首」は清水昶と米村敏人に代表されるといってよかろうが、それは清水のなかの溢れる観念と、米村のなかの怨念の肉声とが、呼応する共通の幻想の郷土をもったことからであろう」という。そこであげたいのは当方とおそらく入れ代わりに「首狩り」だか「首」に迎えられた米村のことなのである。

米村敏人（一九四五年〜）、熊本生まれ。幼少年期に京都市南区吉祥院は「朝鮮人集落や未解放集落を内に包んだ異族の村[*8]」に移住し、高校時代から詩作をはじめたとか。ほかの経歴はまるで不明なまま。いつだったか昶と二人でしめしあわせて米村と会っているのだ（たしか場所は祇園石段下の名喫茶「石」だった）。でそのときの当方はというと、相手の年齢を大幅にうわまわるような背広姿でびしっときめた顔貌と重厚な物腰に、なんとなし心臆してしまった。

ところで米村の作については、いやほんとうに自分と同年というのだから、びっくり目を見張らせられた。なんとも十八か十九の歳でつぎのような凄い詩「鶏劇」を書いていたというのだ。まったくもってこちらがごとき浅く拙きものが、しゃしゃり出る幕などありえようもなかった。

片手で肛門を押え
もう一つの片手で首を絞める
足を蹴りあげて
けいれんしながら
息絶える
首を切って
暗い台所の棚に吊るしておくと
血はどろっ　と
首のふちにもり上がってくる
出刃でざくざく
あばらを開いていくと
あたりにぷーんと
鋭い刃を鼻にあてたような臭いが
たちこめてくる

（冒頭）

これなどまさに、大野のいう「怨念の肉声」の見本のような作品、とみられようか。

米村敏人、この一篇を収める第一詩集『空の絵本』（一九六七年　文童社）、第二詩集『鶏劇』（一九七一年　永井出版企画）と、それはめざましく〈六〇年代〉京都において詩的活動をつづけてきた。そうなのだがたった一度の顔合わせだけであれば、どうにもこれぐらいの寸描で失礼するしかないか。それはさていまこの異才は如何にしておいでなるか、いずれふたたび出会う機会があるかどうやら。


『暗視の中を疾走する朝』


昶は、それはさてすでにしてポエットであったのである。だってさきにあげた手作りながらも、ちゃんとした詩集をもっていたのだ。いまふうにいえばブックレットのようなものだが。

一九六五年、二十五歳。初冬、『暗視の中を疾走する朝』（行動詩人会議分室）刊行。発行日の記載無し。[*9] これはそれまでの習作期の詩篇九篇を私家版で刊行したものである。体裁は、市販画用紙半折、謄写ファックス印刷、二〇頁。定価千円（昶の部屋代の半分の漫画的な価！）。限定三〇部。

発行所の行動詩人会議とは、文研同年代の有志集団。初出は、当会議の機関詩誌「暗殺命令」、またその一分派の「異端の唾」（ともに藁半紙、謄写版刷り、不定期発行）ほか。分室とは、当時の下宿先、北区小山元町一一番地安土方。おもえばそこは当方が泊まり込みで昶より『原点が存在する』

集中講義を受けた懐かしい三畳間のボロ部屋というのである。
これがどんなものか。うちの冒頭の一篇「Jazz　No.1」をみる。こんなやつである。

吊した舌に激しい痛み　海草のような神経を
はいあがり　いきなり海　例えば街でも良い
消えて行く　ジャズ　闇の部分にシャム猫の
眼　少女の唇その光りの流れに　紙飛行機《ペーパープレイン》浮
び　墜ち行く先は女の嗤い　ハッハッジャズ
…………
ジャズ　そうだ僕は　生誕を母に問いつめて
母の涙腺を滑り下り　人間祭の復活　あゝジ
ャズ　ドラムを蹴破る零落したジャズ　母の
涙がシーツ洗い　一日分の食糧　一カ月一俵
の米　それが埃りまみれの卵子となり　父の
怒りが茶碗かきまぜ　僕は教室で漫画ばかり
書く　教科書捨て　村の太鼓　ジャズジャズ
（部分）

こんなのが詩だってのか？　しっちゃかめっちゃか自由に書いてええのやこんなふうに。こいつをはじめてみせられた山だしはびっくり驚きなんてものでなかった。なんやほんまにもう度肝を抜かれんばかりだったのである。こちらにも書けるかもよ！

そんなふうだった、とはそれほどまで当方が初心であったあかし、でしかないか。いったいぜんたいその訴えんとするところを、このときどんなふうに受けとめていたのやら。いまもそこらこと、となるとまるで充分に説明できっこなさそう、というしだい。

こういうときの手助けとしてはそうである。まずわたしらの参謀は大野新に登場ねがうしかない。ついてはこんな発言をされておいでである。[*10]

「その頃京大を卒業する哲男といれかわりのように、同志社大学政治学科に入ってきた昶に、京都駅の前でかるく紹介されたおぼえがある。その時、兄の手を通じて示された昶の詩が、まざまざと兄の詩の模倣であるのをみて、私は、兄弟がともに詩を書くことを、何かありうべからざる不幸のように感得して心中狼狽した。この感受はなんとなく現在にいたるまで持続して、対比的に読むとにこころさわぎながら、対比的にしか読んでいないことに羞恥じみたものを感じてしまうのである」

どうやらこの引用からすると、ときに大野が手にしたのはここに収まる時期のもの、これらの諸作らしくある。

それにしても「心中狼狽した」とまでいう！　やはり大野だけある。見るべきところは、見ぬいておられる。さすがに参謀である。いまさらながらいうのであるが、そこらがのちに哲男の詩作にふれてやはり、わたしもまたおぼえたことだ。

「Jazz　No.1」は、まだよくて昶的といえよう。だがたとえば一集のうちのどれか。つぎのような一篇「夏、涙なんかふりはらえ」はどんなものか。

ふたたび夏
蛇口をいっぱいに開いて
そのしぶきをあび
まぶたの中に沈み込んだ
夏の祝祭を呼び起こせ
…………
チェッ！
しみったれ僕以外の夏よ死ね！
僕の夏は

セールスマンの時計をつきぬけ
母が作ったタクアンの辛さを否定し
熱い少女の身体から
ハモニカの故郷をはねのけて
霧深い朝に視点を横たえている

（初連、終連）

どのようにいったらいい。ここではあえて対比はしないが、このフレーズに哲男の『喝采』のリズムが輻輳し反響してなんとなし、きいたような楽曲をひびかせる。そのようではないだろうか。「まざまざと兄の詩の模倣である」。そんなにまで大野はいっていた。昶は、むろんもちろんそのことを痛く思い知らされつづけてきたのである。いったいいかにしたら兄の影響を脱することできようか。そのことがまたこののちも昶の前に立ちはだかってやまなかった。

ぜんたいどうすれば自らの詩をものすることができる。つまるところ哲男との違いを際立たせられよう。そこからつぎのように断を下したとおぼしくあるのだ。

ジャズと、漫画と。どうだろうこの二つの分野にかぎっては、ついてはまえの引用作品からもその熱中没頭ぶりはわかるが、こちらのほうが兄貴に勝っているかもと。漫画と、ジャズと。それにくわえていま一つあったのである。高校のときから作りつづけた短歌。ひょっとするとそれを詩に活かすことができるのでは。哲男はというと前章でみたように俳句。そうすればおのずと違いがでるはずだと。

歌の訣れをしてのち、詩を始めるにいたる。それがふつうであろう。しかしながらちがうのだ。昶は、歌に還る。ときの歌の畑の稔りを惜しみなく奪いとらんこと、それをもって自らの詩を太らし豊かにする術とする。

春日井健、寺山修司、岡井隆、塚本邦雄……。それらいわゆる前衛歌人の歌集全部そろってあった。それにまた岸上大作ももちろん。なかでもズバリ塚本ダントツだった。昶は、あまりふれていないがその心酔ぶりはとても尋常ではなかったのである（後述）。なにしろこの『暗視の中を……』の目次頁につぎなる一首を掲げるほどにも。

かくて熱き死魚のごとくに睡り堕つ
父なる河よ父なる沼よ　〈塚本邦雄・水銀伝説〉

しかしなんとも若かったのである。あとがき代わりの「ぼくのノオト」に書いている。

「空にジャズがあふれ／陰湿な風景が渇く《ママ》日をぼくは待っている／……／だから、ぼくはセンチメンタルな革命家になって感性を破裂させ／燃え滅びたいのだ」

『長いのど』

一九六六年、二十六歳。昶は、じつはこの年をむかえて、めざましい歩みをしめす。それは二つある。

まず一つ、この前年末頃より詩人志望の登竜門「現代詩手帖・今月の新人」欄に精力的に投稿。じつに二月、四月、五月、八月と四度推薦作に選ばれて、「第七回現代詩手帖賞」を受賞する。いま一つ、この年四月、第二詩集『長いのど』(文童社)刊行。A5変型、タイプ印刷。簡易フランス装。五三頁。一二篇収録。限定二〇〇部。これこそ実質的な首途の一集といおう。いったいどれほどその頁を繰ったことであろう。

しかしながらいま、こうして歳を重ねてあらためて手に取るとほんと、どういったらいいものか。歳月の解剖は残酷だ。あたりまえのことだけど、いかにも若く苦しいという思いを禁じえない、こんなものだったのかと。

じつはそのさきから初心者にはよくわからなかった。たとえばタイトルの「長いのど」とは、いまさらながら奇異におぼえるのだが、どのような意をこめてのものか。そういうことでまずもって表題作「長いのど」をみることにしたい。

いつだったかもう忘れたが
麦の見える教室で
ハンカチのようにぼくをはたき倒した先生
どよめく麦うっわらっているな
どっとあふれるくやしさで成長し振り返ると
先生は麦をガムのように噛みながら
山羊よりやさしく老いている敵ではない
麦への憎悪
直情的な先生の短いのどへの憎悪

（初連）

なるほどここにいう「先生の短いのど」と、「ぼく」の「長いのど」と。いまここでそんなふうに対比すればわからなくもない。どうやらそれが長くあるゆえんは、声にならない声、悲鳴、吐息、言葉にならない言葉、憤怒、哄笑、涙にならない涙、それらがいっぱい詰まったことをいうのか。

舐めあうなよ愛しあうなよと
ながいながい独白のすえ

四半世紀を生きてしまった長いのどの奥から
吃りながらせりあがるのははだかのぼくだ
（同四連）

しかしこのあたりをどう読みほぐして解したらいいだろう。これをみると「長いのど」に溜めた「四半世紀」におよぶ「独白」のありったけ「吃り」ぶちまけて「はだかのぼく」を顕さんとする。じつにそこにこそわが詩があると宣しているようらしいが。

だけどちょっと心情過剰なきらいというか。そこらはわからなくはないが、やはりまだ若く苦しいばかりで、まどろっこしいかぎりはある。なんともどうにも読解困難なぐあいなのだ。

などとはさてとして。ここでは近くにあったものとして綴っておく。これははずせないだろう。それは前述したように昶がそう、ずっと漫画少年でありつづけ、ジャズ青年だったことだ。幾冊かの漫画ノートの抜群の面白さ。幾十枚の厳選レコード収集の見事さ。ビリー・ホリディ、アビィ・リンカーン、マックス・ローチ、ソニー・ロリンズ……。

はじめに漫画をめぐって。このことでは、ここでは引かないが「義眼について」なる奇怪しごくなる詩がある、こんなやつだ。窓枠の上に置かれた一個の義眼、それに終日凝視されながら詩を書きつづける作者独白からなる。きくところこれが水木しげるの「ゲゲゲの鬼太郎」から発想されたというのだ。昶は、なんとも「月刊漫画ガロ」（一九六四年九月創刊　青林堂）を定期購読していた（ついては昶の仕送りは当方と較べて潤沢であった!)。

この関わりで「ぬれたけものがやって来る」なる詩がある。これなどは、つげ義春「沼」(六六年二月 同誌)と呼応する、とみられる。謎の美少女と猟にきた青年が一夜を倶にする。そこに鳥籠があり、なかに動くのは蛇! 青年は怯える。「あの蛇はい出して来ないかな」。美少女が答える。「たびたび私の首をしめに来る」「夢うつつなれど 蛇にしめられるといっそ死んでしまいたいほどいい気持ちや」。という奇怪な作品を想起させる。

ジャズについては詳しくはおこう。ときに木島始の『詩・黒人・ジャズ』(一九六五年 晶文社)が指南書だった。おもわれるのはたまに学校に出るとよく二人してジャズ喫茶に入りびたったことである。大学近くの「ビッグ・ビート」、河原町界隈は「ブルー・ノート」、荒神口では「シアン・クレール」(六〇年代末、立命館大生、高野悦子『二十歳の原点』で有名。同店に行くことを「思案に暮れ」に参ろうぞと合い言葉にする)。

昶は、つぎのようにジャム・セッションまがいに書けるほどのジャズ・マニアだったといっておく。ちょっとライナーノーツぽい詩「ブルーアメリカ」をみられよ。

アメリカが滲みる
アメリカが燃える

素敵な五十二番街
朝のコーヒースタンドに
麻薬煙草が追い上げて
きらめき浮かぶ霧の黒人街《ハーレム》
舌にねばる盲目のブルーズ
…………
ブルーアメリカ
ブルーアメリカ
巨大な首を空から吊し
ひらたい笑いを空へ吹き上げ
銀のように光り流れる太陽を
陽気な首たちが
ひしめき舐める状景を
見た
（初連、終連）

さらにいま一つとどめる。本集の裏方をつとめた、大野の回想にこうある。*11「清水昶の『長いのど』

と米村敏人の『空の絵本』は正方形に近い変型のタイプ印刷本であるが、私が亀の子たわしで背にボンドをすりこんで無線とじの製本をした（日本では空前絶後ではないか！）愛着すべき本である」

このような手作り感は簡易フランス装仕立ての際もおなじだ。これが費用の関係で当方と二人でもって、表紙の折り込み裁断、ほかの面倒な作業を二日も徹夜でやった。ついでに「表紙の美少女の写真」（大野新）はというと、じつをいうと若かりし日のわが姉貴房子である。昶は、なんとなしこの姉貴に片恋していたようだ。

六六年三月か五月に、大学卒業。昶は、ところで京都をどのように感受していたか。「わたしは京都の暗鬱な夕ぐれが好きだった。渡月橋の近くに棲んでいたわたしは、巨大な穴蔵を想わせる嵐山の夕ぐれどき、どこまでも沈んでいく感覚のなかで不思議なやすらぎを覚えるのが常であった」として書いている。[12]「少しでも京都の風土に親しんだ人々の心は、いわば、その地形にて深い竪穴式住居のようになり、首都からの風もそこまで吹きこむには、かなりの時間を要するのである」と。

京都竪穴式住居論。このことではよく議論しあったものである。昶は、よくいっていた。「首都で起きた垂直的な事件にしても、京都には捩れて湾曲的に感受されがちだ」と。そしてこのネジリンボウ状態が京都の文化のサブスタンスなるものよと。なるほどこれはよく理解できたこちらにも。昶は、このことに関わって「京都は昔から文化的に東京に対抗する意識が根づよい」として論じている。[13]

「いわゆる京都学派の憲法学者たちの講義を聞いたこともあるが彼らの憲法解釈なるものが微に入り細に入りながら、ことごとく東京の憲法学者たちの解釈と対立していることに、うんざりさせられた覚えがある。……。彼らも「現実離れ」しながら京都の自閉的な風土を生きていたのである。東京を現実だとすれば京都は、その落差のようにして存在する」

これまた理解できる。ところでまさに竪穴式住居の見本が昶の門番小屋なのであった。「その小屋には京都特有の大きな丸窓がはめこまれていて、窓からボサボサの頭でぼんやりと外を眺めているわたしを評して友人は「まるで鬼太郎だね」といって笑った」（「竪穴式原住民の独白」）。むろんこの「友人」とは当方なのである。

でもってこの初夏だったろうか。昶兄鬼太郎はというと、ようやく横浜の関東学院大学生協事務員とかいう、就職口決定をみている。いろいろごたごたとあった、わたしらの同棲生活はおしまい、さらばとあいなったのだ。

＊

＊

とうとう昶が去ったのだ。いなくなったあと当方はどうしていたか。つぎの旧い稿[*14]を引きたい。ほかでもないそこにわが日々の鬱屈と併せて京都の空気が感じられようからである。

「六六（昭和四一）年、夏休み明けの午後、わたしは学校帰りに丸太橋近くの古本屋（中原中也が『ダダイスト新吉の詩』に出会った店）で一冊の本を買っている。『逆流の歌——詩的アナキズムの回想』（伊藤信吉　七曜社）」「天野詩の京風しあげのいけずではんなりとした微苦笑の世界。そこにそれとは全然違う詩人群がいたのである。萩原恭次郎、岡本潤、逸見猶吉、竹内てる代、そして尾形亀之助……。これらこの本で初めて読む面々の誰もが型破りを通り越して狂っている。／それで明くる日のこと。わたしは『逆流の……』の詩人たちの作品を読みたく、さきの店の同じ棚から一冊の本を引き抜く。……。／『日本現代詩体系　第八巻』（河出書房）。扉に「昭和期（一）」とある。中野重治は「解説」で述べる。「……日本のこの時期は、アナーキズム、ダダイズム、未来派が混合して現れたときであって」「……現存秩序にたいする否定者・反抗者としての姿を、かなり強い態度で示した点で昨日の民主派と全くことなった」／時代閉塞の現況に立ち向から価値紊乱の詩群。これがみんな無茶苦茶なのである」「ここからなんとなくアナ系にのめってゆくようになる。そのうちアナキスト詩人・評論家秋山清の『日本の叛逆思想——アナキズムとテロルの系譜』（現代思潮社）ほかの著作をあさるようになる。さらにこのときわが周囲にはアナキスチックな空気がみなぎっていた。じつはわたしはおかしな面々らとおかしな集会をもっていたのである（ここでは詳しくしないが「断頭社」などという名のグループを）」

『少年』

一九六九年、二十九歳。一〇月、第三詩集『少年』（跋文・石原吉郎　永井出版企画）刊行。二四篇収録。昶が、いつだったかこの詩集について「神田三省堂書店では五木寛之の新刊を抜いて週間ベストセラーになった」なんて嬉しげにいっていた。それほどにこれは時代を画したとされる評判の集となっているのだ。わたしはここに収まる作品をどれをも初出で読んでいる。もっといえばおおかたは大学ノートの手稿からふれているのだ。

だけどときへていま、あらためて読んでみると、どういったらいい。「いかにも若く苦しいという思いを禁じえない」。などとなんとも、どうにも『長いのど』のそれと、おなじようなぐあい。いったいどう何事からおよぼう。時代が悪い。やっぱりなあと口を衝いて出ているのである。六〇年も末だ。このことでは目次をみられたし。

「流刑の刻《とき》」「魂のバリケード」「未明の階級」「眼と銃口」「地下室の党」「磔刑の夏」「まぼろしの党員」……。などというこの熱にうかされたような思わせぶりな題からしてどうだ。たとえば「眼と銃口」をみられよ。

熟した未婚から顔をあげるわたしは
奢れる雪に凍えるまぼろしの党員となり

銃眼に火の眼をこめて失速した日を狙う
ゆらめく敵は人間ではなく
人影のようにざわめくかん木の林であり
遠い夏にねばるあなたをおしひらきわたしは
バラや野苺の棘に素足を裂いて
荒れた胸でささくれる怒りを踏みしめ
明後日へと深い林を遊撃する

（前半）

このいかにもなるフレーズといったらどういう。そのさきはカッコいいと熱くなったものである。どうしてかというと、昶偏愛の「カムイ伝」（白土三平「月刊漫画ガロ」一九六四年一二月〜七一年七月）の蜂起譚、それをしのばせたから。だがいまはチョイとばかし冷えるというのか。なにかもうこそばゆくパスしたくなってしまう。

どのようにいったら伝わるようにいえよう。過剰なまでに繰り返し饒舌に繰り延ばされる妄念。それをきりもむように語られるものがたり。たとえばこの一篇「風情嵐山」なんかどうだ。

べったり口紅をひいた大原女が口をあけて

長い白糸のような声を何本も吐きなびかせ
旅人を狙うほそ道
（冒頭）

これもどこかまた「月刊漫画ガロ」調よろしくあるか。しかしここ嵐山で「大原女」は場違いだろうに。だけどかまわない。それらしきをなんでもかんでも無理やり召喚して妄念の一篇を仕立てようというのだから。よしとされるのだ。つぎはそう、この頃に読まれた唐木順三『無常』（一九六四年　筑摩書房）からの引き写し、そのままだ。

とふなれば仏もわれもなかりけり
南無阿弥陀仏なむあみだぶつなあんて
合掌しながら落ちた上人一遍
（同前）

いやだけどほんま上手いものではないか。こんなふうに詩を書いてもいいのや。そのように思ったこと、これはほんとうのはなし、いまもなお忘れていない。こんなような遣り方があるとは。こちらはへんな気持にさせられたものだ。
しかしほんとうにこんなふうに詩を書いてもいいものなのだろうか。ここでまたまた参謀の大野の忠言をきくとちがう。そこにはむろん時代と体験の落差があるだろうが。これがなんともきびしくがんと非を鳴らすようにするものであった。[*15]

「失敗作もずい分あるこの詩集の、舌をかんでのどをつめんばかりのカタルシスに、さほど私は心動かされたつもりではなかった。渦中にいる者の悲劇的相貌を私は好きではない。あえていえば、悲劇的相貌を言葉でよろってていく過程では、その人は詩人であることから遠のきつつあるのである。石原吉郎の、事実の納得・承認とは、こういう劇性の消去ではなかったか」「圧倒的な体験や当為のない時代の男がもつ幻想の奇形に、ながらく私は素直ではなかった」

「幻想の奇形」？　かくも大野がいう。そのことに関わって喩法の問題としてよりもっと子細に究明している論がある。それは北川透である。北川は、つぎの詩集冒頭の一篇「死顔《デスマスク》」を俎上にして論を展開する。[*16]　これがさすがに北川だけあってその刃捌きはというと見事なものである。

火照る土地に生えそろうハガネの林で
傷ひらく正午ふかくわたしは
失楽にひえた薄い口をしめ
熟れきった泥土にもぐる白蛇ににる
どこまでもくねる軟体に熱は残らず

初冬の河口から唾液のように吐きだされてわたしは
棘だらけの幼年の性たちとどろどろあふれ
まっ白な河面に虚のつるべを投げ労働に集中する青年の単眼
にがくくずれた涙腺にひたる
渇きやすい蛇の眼でたとえば
くらい未婚のなかに
いっぽんの日まわりを育てる姉を見る

（前半）

北川は、この詩について「一九七〇年前後の一群のメタファーの詩人たちの言語の特色」がよく現れた恰好の例だとしていう。「言語を意味のつながりとしては、徹底的にずらした六〇年代詩の語法が媒介されなければ、これほど放埒な隠喩的イメージの氾濫はありえなかったにちがいない」と。そしてつぎのように以下、展開してゆくのである。

「火照る土地」や「ハガネの林」といった隠喩は特別に現実的な意味との対応を持ってない。隠喩によるイメージが成立すると、連想ゲームや縁語の掛け算のように、イメージとイメージが連鎖的に生み出されつづけるのだと。

「たとえば〈ハガネ〉の連想として〈傷ひらく〉が生まれ、〈傷〉は〈ひらく〉だけでなく〈ふかく〉

にも掛けられる。また〈ひらく〉は〈口をしめ〉に、〈火照る〉は〈ひえた〉に、〈失楽〉は〈熟れきった〉に、〈もぐる白蛇〉は〈くねる軟体〉に、〈泥土〉は〈河口〉や〈どろどろあふれ〉や〈まっ白な河面〉にそれぞれ対応する」「それらは単なる放埒なイメージの連鎖であり、筋道の立った意味としてとらえることが不可能である」。そしてつぎのように結論づけるのである。

「つまり、意味としての根底を失った断片的なイメージの増殖、氾濫と見えたものは、まさしく隠喩の方法と六〇年代詩の方法との混合としてあった、ということであろう。そして、そこにまた、隠喩の飽和がそれの不可能へと転換してゆく先も暗示されている」

いや的確である。このことは本集の昶だけでなく、よりひろく「六〇年代詩」以後にとって、正鵠を射たものだ。よく理解がゆく。

わたしなどはただもう首肯させられるばかりだ。ほんとまったく北川透の論考はするどくある。ここにあらかた喩法上の問題はつきていよう。であればこれをかりて私見にかえさせてもらう。

それにくわえるとしたら同時代の前衛短歌、わけても多く亜流を生みだした、塚本邦雄の悪影響(?)ということになろうか。昶には、なんともその歌が麻薬的だったのであろう。それこそまさに病膏肓に入っていたようだ。

いまここで例示はしない。だけども昶がノートに、書き写した塚本の歌を幾首かをシャッフルするようにして、つまるところ兄の模倣を脱するためにする、なんともアクロバティックな一篇の詩を書き上げる過程を、しばしば目にしたものだ。なんだか水芸みたくにも。ところで哲男であるが、のちに昶との対談において短歌について以下のように発言している。[*17]

「……短歌の場合には、要するに「泣き」が入るわけね。その「泣き」とか「口説き」みたいなことが、たとえば六〇年に至るまでの政治運動なんかのパッションというか、そういうものと、岸上大作みたいにピッタリこなかったんだな。つまり、そういうものを排除した表現でないと、当時の全学連ラジカリズムみたいなものと合致しないということがあったんだ」「「泣き」を入れては、その思想自体というか、運動自体が脆弱なものになっていく、ということなんだよ」

いやそれはさて冷たいずいぶんいけずなる口をきいたものではある。いまここでこの詩集で一篇というと、やっぱり高俣の村暮らしのこれだか。それとてもまた哲男の「つれられつれろん」の影がつよくうかがえるが。

お父さん　覚えていますか
竹をしきつめた床のうえで
竹のように光る縄をあんでしまったこと
まっすぐな縄をまげるために
母はあけがたまで膝を立て

熱い胸に精神のようなものをおしあて
ぎりぎり細い指でまげなければならなかったこと
（「Happy Birthday」初連）

『朝の道』

一九七一年、三十一歳、一二月、第四詩集『朝の道』（永井出版企画）刊行。あらかじめ断っておけば、本集からは「京都詩人傳」という性格、そこから隔たるだろう。
それにしてもどうしてか、当方にはこの一集について、ほとんど印象らしきも、ないというのである。おもうにこの集の詩が書かれた頃にはもう、こちらが詩を止めて長くなっていた。そこにはこんな往時の当方の事情があったのだ。[*18]
「六八年、留年決定。ほとんど授業を受けていなければ当然の報いなりだ。わたしは仕方なく某大手プレハブ住宅販売会社の下請けの臨時雇いとなる。ゼミの教授鶴見俊輔の紹介でだが、社長は谷川雁の弟子筋で、なんとも不思議千万な会社だった。たしかその春頃だったろう。ゼミに顔を出すと、羽田闘争以来、明治大学を拠点にしていたゼミ一年先輩の藤本敏夫が帰洛していて、活動仲間と話していた。「ここにきてセクト間の内ゲバが激しくなってなあ……」。藤本は、この七月、反帝全学連（ブント社学同、解放派、第四インター）の委員長に就任した。
六九年、五年卒業。大阪のマネキン会社に三行広告で入社。三ヶ月もなく馘首。そこにニュースが入ったのである。

九月二十九日、それは同日付朝日新聞夕刊だった。望月上史が！　望月くん、望《モ》っちゃんは、同学部で一年下、新聞局にいて、わたしとは仲良かった。いやそれどころでない。じつをいうとさきのデモの一件（註：六七年「一〇・八羽田闘争」関連デモの際に当方が負傷）で指揮を執っていた望っちゃんが直ぐ救対（註：救援対策）を手配するなどしてくれたのだ。

内ゲバで最初の死者！　山﨑博昭の虐殺、あれから二年もたたず、望月上史の惨死」

そうなのである、ここにあるようなわけで詩から遠くあらざるをえなかった、ときなのである。

だからいまあらためてこの集を手にしているのだが、ここに収まる詩がみな、ほんとまったく初めて読むようなぐあいなのである。なんなのだろう、ひるがえってみるにまあ詩とは縁をもつべくもないままに、すぎていたのだ。

などとはさておき、この冒頭の一篇から、みることにしたい。

明けるのか明けぬのか
この宵闇に
だれがいったいわたしを起こした
やさしくうねる髪を夢に垂らし

ひきしまる肢体まぶしく
胎児より無心に眠っている恋人よ
ここは暗い母胎なのかも知れぬ
そんななつかしい街の腹部で
どれほど刻《とき》がたったのか
だれかがわたしを揺すり
たち去っていく跫音を聞いたが
それは
耳鳴りとなってはるかな
滝のように流れた歳月であったかも知れぬ

（「夏のほとりで」初連）

まずここまで引いてきてふっと止まってしまった。昶はいまだ、苦しいのだ。しまいの「滝のように……」はどうだ。これなどさきにみた、哲男の「滝のような激しい落差でどんどん年がとれる」（「待たれている朝」）の詩行、ほぼそのままでは。

さらにもっと書き出しに戻り止まってしまった。「この宵闇に／だれが……」というこの思わせぶりな詩行。これは伊東静雄の「この夜更《よふけ》に、わたしの眠をさましたものは何の気配《けはひ》か。」（「夢からさめて」『詩集 夏花』）だろう。ついでながらこの集には「ある瞑目　伊東静雄の最期を想う26行」なる作がみえる。伊東静雄という「傷ついた浪漫派」（萩原朔太郎）、またよく昶が好む詩人であった。
このように揚げてここから、繰り返し饒舌に繰り延べ、ものがたりが語られるのだ。

だれがいったいわたしを起こした
土地から生えた部族たちが旗をおしたて
村をめぐった豊年祈願の祝祭
祭の中心で旗を支えわたしは
凶作の村道をぎらぎらめぐり
飢えの中心で旗を支えた少年の
麦のような手のそよぎであったのか
（同、二連）

昶は、のちにこの詩のこの連を引いて幼年の高倶村の思い出を書いている。*19「何ひとつ娯楽らしい娯楽のない村のこと故、村人たちの最大の楽しみは、年に一度の村祭にあったのである。……。おとなや子どもをまじえた十数人の集団が、また十数本の旗をおしたてて部落から部落へリレーしまわるのである」と。そしてこれは「そんな記憶を下敷きにして書きあげたもの」だという。いやなるほど下敷きはわかるが、それが作品になる、するとこうも劇的になるものか。そこで思うのだ。このあたりの舞台づくりはどんなものか。いってしまえば、やっぱりさながら「カムイ伝」（塚本邦雄翻案版?-）とでもいうように、みえてならない。まあそのような禍事《まがこと》めかしではないかと。いまここで、舞台づくり、禍事めかし、とおよんだ。ということろで想起されるのは大野新の「悲劇的相貌を言葉で……」云々というさきの指摘。くわえるにまた哲男のこんな発言をめぐってである。[20]「昶の詩はシチュエーションの詩なの。設定の詩。状況設定するところで詩ができている。……（註：たとえば俳句において）昶は菊の花というと、そこに仰々しいシチュエーションをつくって、そこに菊をどう置こうかって考える」と。さすがに兄らしくよく見ておいでだ。このことはまた石原吉郎の『少年』跋文のつぎのような一節につながるか。

「彼の作品の導入部で、時に読者を困惑させるこの低迷は、低迷そのものを方法化しようとしているのでないかと思われるほどの、一種の偏愛によって裏打ちされている。それは、彼の愛着するイメージの多くがこの部分に注ぎこまれるのを見てもわかる」（「低迷への自恃――清水昶詩集『少年』について」）

さらにこれらの見方を引き継ぎ一言およんでおこう。谷川雁、黒田喜夫、石原吉郎……。昶は、たしかにこれらの詩人から強く影響を受けてきてはいる。じっさいいくどいまで本人が力説してやまないほどだ。だからそこらはいくらでも誰もが拾いあげられることである。だけどそのへんでとどめると、じゅうぶんではないだろう。

「月刊漫画ガロ」調の舞台づくりと、塚本邦雄流の禍事めかしと。むしろそちらのほうこそが昶詩のかもす魅力となっていたのではないだろうか。そうしてそれこそが昶をひろく六〇年代末から七〇年代の人気詩人にした因とみられるのである。

などとまたしても、いけずなる言い草におよんで、しまっている。というところで、あらためてこの集で選ぶとすれば、これになろうか。

父二六歳
母二〇歳
若い両親は
新鮮な恐怖を生んだ
そのとき
夕ぐれの戦場から帰ってきた男たちの
軍刀がいっせいにひき抜かれ
闇を指して林立する精神が
揺らめくいのちをかこんで車座をつくり

祝いの宴を張った
そのとき
潮のような男たちの
陽にやけた声につつまれ
赤ちゃんは凶暴に昏れていく世界を吸い
すでに
荒らあらしい小さな意志は
だれの所有にも属さないかのように
肉色にもがいていた

（「赤ちゃんたちの夜」初連）

佐々木幹郎

ところではなしが前後するが、ここでふれたい名前がある。昶が京都を去った一九六八年、大学の文研（もうすでに当方は退会しているが）に入ってきた、元気の良いのがいた。佐々木幹郎（一九四七年〜）である。佐々木は、奈良県で生まれ、大阪府藤井寺市で育つ。大阪府立大手前高等学校を経て、同志社大学文学部哲学科に入学（七〇年、中退）。高校時代に社会科学研究会に所属し、早くから詩作に励んでいた。羽田闘争で死亡した山崎博昭とは同期だった。六九年、機関誌「同志社詩人」(各務默、季村敏夫ら)に山崎の死を追悼する詩「死者の鞭」を発表する。

時は狩れ
存在は狩れ
いちじるしく白んでゆく精神は狩れ
…………
やさしく濡れてくるシュプレヒコールの余韻
雨はまた音たかく悲怒を蹴り上げている
アスファルトを蛇行するデモ隊の
ひとつの決意と存在をたしかめるとき
フラッシュに映え　たぎり落ちる
充血の目差しを下に向けた行為の
切断面のおおきな青!
…………
ああ　橋
十月の死

どこの国　いかなる民族
いつの希望を語るな
つながらない電話や
過剰の時を切れ
朝の貧血のまわる暗い円錐のなかで
心影のゆるい坂をころげくるアジテイション
浅い残夢の底
ひた走る野
ゆれ騒ぐ光は
耳を突き
叫ぶ声
存在の路上を割り走り投げ
声をかぎりに
橋を渡れ
橋を渡れ

（I　橋上の声「死者の鞭」部分）

これをときに自分はいかに感受していたか。さきに「天野忠」の章でも書いたが、六七年一〇月八日、羽田闘争で山崎博昭死去！　これに呼応して京都でも連日デモが都大路を渦巻き騒然とした。わたしもいつか警棒でボコボコに殴打されている。だからこの激越さにひそかに喝采したものだ。とはいえときにこちらはもう詩を止めてしまっていたこと。そういうしだいで佐々木ら「同志社詩人」面々と交流はあるにはあった。だけどともにこれとなにか組み合うようなことはなかった。七〇年、第一詩集『死者の鞭』（構造社）刊行。七二年、詩誌「白鯨」（清水昶、米村敏人、倉橋健一、藤井貞和、鈴村和成ら）創刊に参加。佐々木は、以後、今日まで詩と批評の両面にわたって旺盛な活動を展開している。

『朝の道』以後

『朝の道』以後、よりもっと詩作に邁進すること、つぎつぎと詩集を刊行しつづける。『野の舟』（一九七四年　河出書房新社）。以下、七〇年代だけでも、『夜の椅子』（一九七六年　アディン書房）、『清水昶詩集』（一九七九年　国文社）、『泰子先生の海』（一九七九年　思潮社）と矢継ぎ早である。

それにくわえて詩作にとどまらない。六〇年代終わり頃から評論に精力的に打ち込むのだ。その最初が『詩の根拠』（一九七二年　冬樹社）の結実となる。以下、評論集も多く、『詩の荒野より』（一九七五年　小沢書店）、『石原吉郎』（一九七五年　国文社）、『抒情の遠景』（一九七六年　アディン書房）、『ふりかえる未来』（一九七八年　九芸出版）、『太宰治論』（一九七九年　思潮社）、『自然の凶器』（一九七九年小沢書店）、『三島由紀夫　荒野からの黙示』（一九八〇年　小沢書店）と相継ぐ。

そうしてそのいきおいは八〇年代もつづいているのである。詩集と評論集の刊行。ともにさかんなることとほぼ同点数におよぶほどというのだ。

しかしなんでまた、それほどまで活動ができたものか、ふしぎではないか。ちょっとばかし立ち止まってみたい。そこにはどういうか、このときの人情のへんてこさ、それもあってだろう。

いまとなっては考えられない。だがこの時代はというと売れっこない詩書がそれなりに売れたのだ。そんなまったく夢みたいにも。それにつけても昶の突出ぶりは広汎に認めるところだ。しかしどうしてそんな迎えられ方をしたものだろう。ここにこんなファンの弁をあげておきたい。[*21]

「それにしても、読者とは如何に作品の裡に己れの投影と近似値を見出そうと務めているものか——。たとえそれが大いなる幻想、あるいは独断であったとしてもだ。私がこの人の詩に心惹かれる第一の原因も、この人の詩が〈判る〉という単純な事実に尽きるのかもしれない」（中嶋夏「喪失の青春」）

これなのである。ここにたくまずそう、まことに正しく昶がひろくそれこそ「喪失の青春」のさなかにあった者らに読まれよう、わけがあかされている。こういうことだ。

「この人の詩が〈判る〉」。そうなのであるそんな時代の空気があったのである。いうたらその詩はけっして易しくないのだが、まず劇画タッチの状況設定、また短歌リズムの心情吐露、なんとなくだが〈判る〉ように捔えられている。そこらがすっとときの若者の胸内にひびいたのである。

ところで中嶋はというと、さきにみた「眼と銃口」をとりあげて、このように解説されている「この詩を始めとする初期の詩篇に顕著なのは〈喪失の青春〉という主題であり、またその地点に決着をつけて改たな地平線を獲得せんとする〈未来性〉にあったように思われる」

「〈未来性〉」？　そのことでここに一言はっきりといっておく。それはおそらく世紀の変わりぐらい、そこらあたりを境に光芒をはなつことなく、いつかあえなく薄暮に消えつつあろう。わたしはそのように距離をおいてみていた。

なんでどうしてまたそうまで冷笑ぎみにへだたっていたか。それはいうならば、こちらがもはや詩作もしないところにきて熱狂ぎらいもあって、「〈未来性〉」？　そんなありえない夢想にしかすぎないと感受させられてきた、だからなのである。それにまたそのさきにこんな読書があったこともくわえよう。[*22]

「さきにその名は『逆流の歌――詩的アナキズムの回想』で知っていた。そこに引かれる作品、そして描かれる肖像。なんとなし気がかりな詩人ではあった。だけどそれからその詩にちゃんとふれる縁がないままできた。いやそうじゃない。そのいくつかは目にしてはいるのだが、どうにもこうにも捉えどころがなかった。

わたしは大学五年生であった。どうにもひどい躁鬱のどんつき、どうしてそんなにまで悪化させてしまったやら、ノイローゼの俘虜みたいだった。まったく地獄的孤独にあった。

いつかある秋の日のことだ。京都の新左翼系、文学学生の御用達、寺町二条上ル、三月書房。そこの棚から詩誌のバックナンバーを何気なく抜いていた。わたしは目を疑ったのだ。

「秋元潔☆尾形亀之助論」（「凶区」一四号　昭和四一年八月）。

ちょっと驚きだった。本格的であり、圧倒的だった。うーんと唸っていた。

まずこの筆者について。秋元潔はときの詩の前線にある詩誌「凶区」のなかで周縁にあって目立たない抒情詩人だった。わたしは彼の処女詩集『ひとりの少女のための物語』を読んでいる。それには若書きの詩集らしい甘くも好もしい印象があった。あの抒情の人が、この力稿を書く！なかに引用されている亀之助の詩と文章、またその生涯のありよう、諸家の評言他すべてが面白かった。これ以後、亀之助の再評価はひとえに秋元潔の献身的尽力による。いわずもがなこの稿も彼の労なしではありえない。

わたしは久々に興奮し本探しをした。しかしその時点で亀之助はアンソロジーに僅かに収録されるきり。なかでは『現代日本詩人全集一二巻』（創元社　昭和二九年）が既刊三詩集を全篇収録していたが。もろんのこと当時はコピーなどない、わたしはそれを筆写するなどして、ずぶずぶに亀之助にのめっていった」

悼・清水昶

「ぼくが横浜に仕事が決まったとき、たしか嵐山から京都バスで京都駅まで彼が送ってくれたような気がするが「お願いだから関東方面にやって来て、ぼくの前に顔を出さないでくれ」といった覚えがある。それから二、三年経って、ぼくが東京に仕事を換えて新宿の居酒屋で飲んでいたら、何と彼がおなじ場所で飲んでいたのである。ぼくは一瞬、絶句した。そして一言も口を利かなかった」[*23]

これがそうだ、昶と当方の再会シーンである。「そして一言も……」とは脚色なしだ。だけど昶とは、それからも東京でそれこそ嵐山時代とおなじに親交をかさねた、むろん諍いも。たくさんあるが一つにとどめよう。

それは当方の第一詩集出版の一件である。それまでノートに詩のようなものを書きなぐっていた。だけどどこにも発表はしていなかった。とてもそんな値打ちがあるものでない。昶は、なんのついでかそのことを洩らすと見せろとなり、そのノートを持って帰ったのだ。そしてそれから一週間もなく電話があった。どうだこいつをこれからすぐ本にするからな、と。

一九七二年一二月、拙詩集『惨事』(国文社)、こいつはかくして誕生なったのである。栞文は、清水昶「悲しみの碑銘――正津べんノート」。編集担当は、田村雅之。そういえばさきに引いた文と前と後ろにこのようにある。

「しかし学生時代から今日まで、じつによく正津勉とは喧嘩しつづけた。あまりにも気が合いすぎるところがあるので逆に深みに入り込み亀裂ができるのかもしれない」「この一種の腐れ縁は、まあ死ぬまで続くことを覚悟しておかねばならないかもしれない」

＊　＊

いまこれをここに写していると目頭が熱くなってくる。いやほんとう無情迅速なるのったら。まったくなんとも歳月の過ぎゆく早さといったらどうだ。

一九六四年四月、はじめて昶と会っている。それからはるか五十七年もの年月がたってしまった。二〇一一年五月、とうとう昶と別れるとは。

いつかきているその刻の事はひとりひそかに胸の深くにとどめておいた。しかしながらわたしの思う日よりもいっそう早く訃があったのである。それをきいてしばらくわが非を悔いつぎのように悼む心にかえるのだった。[*24]

「五月三〇日、昶さんが亡くなった。翌夕、O氏から電話で告げられる。わたしはその死を素直に受けいれていた。どうしてまた。おかしな言い方にきこえようが、当方と昶さんとは、それはもう二〇年ももっと以前になるやも、今生の別れをして、それからは遠く隔たってきた。だからである。いまここで詳しく書くべくもないが、それはもっぱら酒に関わってだ。しかしなんで。わたしごとにおよべば父にはじまり、長兄、次兄、つぎつぎと酒にもってゆかれている。だからである」

こんなような模様だったらしい。これがその、当日午後、のことだか。きくところいつまでも起きてこない昶を夫人が見にいくと床のなかで冷たくなっていたそうな。いやなんと、酔生夢死、ごときとは。ときにわたしは瞑目するのだった。

昶は、じつはおもえばいつも、ずっと昔から「とある朝、ふっと目が覚めたら、死んでいた（笑）」とか良いよな、なんてほざいていたものだ。

たしかにいつからとなく当方はそのうちきっとと覚悟するところがなくはなかった。それはさてとして、「今生の別れ」、とまではなんでまた？　いまそこらのことをここに理解しがたいだろうが一言しておくべきなのではないか。

いったいなんでまたそんな別れをしなければならなかったか。わたしらふたりを遠く無情に隔てたのはそうである。「もっぱら酒に関わってだ」。などとここからはこの稿の性格と離れてしまうだろう。しかしながらやはりそのことを書きとどめておいておきたくある。

こういうことだ。父、享年四十六、長兄、享年三十九。そうなのである。

わたしはというとそのさきにこの歳で身近な両名を酒でもってゆかれているのである。そしていつ頃からか昶の酒乱ぶりを頻繁に耳にする日がつづいた。それとほぼときをおなじくしてのことである、昶も御存知のこちらの二歳上の兄、これがひどいことになるいっぽうというしだい。そうしてそれどころかそれに共振するようにまた当方もへんになりつつあったこと。そこらに関心があるむきは、この頃の私的酒毒症候群詩篇を纏めた拙詩集『笑う男』（一九九五年　邑書林）、それをご笑覧いただきたい。

ついてはさきの悼詞で「それはもう二〇年ももっと以前になるやも」と記述しているのだが。これからみるとたぶん音信不通にしたのは九〇年前後あたりとなるか。

次兄金弥、一九九二年死去、享年五十三。つぎは間違いなく自分である。というそこではっきりと昶と「今生の別れ」をしたとおぼしくある。

手前勝手……。われながらそんな人でなしだと認めざるをえない。だがそうでもしなければ友連れでおのれが酒毒でもっていかれてしまう。そのときもいまも思いはずっと変わってはいない。ついてはさきの追悼のおしまい、つぎのように擱筆しておいた。もうこれでさいごとしたい。

「嵐山は良かった。ここには兄の哲男、わたしの姉の房子、二人が時折、訪ねてきて泊まっていった。そのときだけ酒にありつけた。このころ昶さんはほとんど飲まなかった、もっとも懐がさみしすぎて飲めなかった。いつも素面だった。はにかみのその表情はわたしのなかに永遠にありつづける」

＊1　「一九六〇年代年表もしくはぼく自身のための広告」（『ぼくらの出発』一九八七年　思潮社）
＊2　「父の村」同前

＊3 「漫画少年のころ」同前
＊4 「京都へ」同前
＊5 「「十五歳の異常者」の登場」同前
＊6 「幻覚の地方」（『詩の根拠』一九七二年　冬樹社）
＊7 「「首」論」（『砂漠の椅子』）前掲
＊8 「わが村史Ⅰ」『わが村史』（一九七三年　国文社）
＊9 同集発行日について『資料・現代の詩』（日本現代詩人会編　一九八一年　講談社）において「六四年三月」の項目に載るが、同集には発行年月の記載はなく、後書の「1965冬」とある記述からも明らかに間違い。なお同集復刻版（築地文庫　二〇一四年）三〇〇部刊行がある。
＊10 「苦い俯視――清水昶肖像」（『現代詩文庫　清水昶詩集』一九七三年　思潮社）
＊11 「「首」論」前掲
＊12 「竪穴式原住民の独白」（『詩の根拠』）前掲
＊13 「京都零年」『抒情の遠景』（一九七六年　アディン書房）
＊14 拙文「もろもろの　キュウ、キュウ、ネズミ　和田久太郎」『脱力の人』前掲
＊15 「苦い俯視――清水昶肖像」前掲
＊16 「詩的隠喩について　その2　戦後詩の飽和」（『詩的レトリック入門』一九九三年　思潮社）
＊17 「〈兄弟対話〉わが詩・わが故郷」（『唄が火につつまれる』）前掲
＊18 「重い思い」『かつて10・8羽田闘争があった』書評（『映画芸術』二〇一九年一月）
＊19 「旗を支えた少年」『詩の荒野より』（一九七五年　小沢書店）
＊20 「座談会　いつも負けることからはじめていた　清水昶の原風景」（『現代詩手帖』二〇一一年一一月）

＊21　「喪失の青春」（『現代詩文庫　清水昶詩集』解説）前出
＊22　拙稿「ぺろぺんとたるるて それからその次へ　尾形亀之助」（『脱力の人』）前掲
＊23　「詩的亡命者の道」（『ぼくらの出発』）前掲
＊24　「嵐山時代――悼・清水昶」（「夢人館通信別冊　悼清水昶さん」二〇一一年七月）

あとがきがわりに

「京都詩人傳　一九六〇年代詩漂流記」を擱筆して。なんとも半世紀も昔の出来事なるとは。はるばる来つるものかなというおもいを禁じえない。いまはただもうここにそえる拙詩一篇をもってあとがきにかえよう。一切合財皆煙也。

正津　勉

湯

ほのぼのと山の端に煙ひとすじ
湯槽の縁石にそっと後頭を置いて
顔面にふわりと手拭いをいちまい

なんとなし水漬く屍みたくに
蛙腹しろじろと仰向けているさま
まるきり気も精も抜けきり

こうして瞼を閉じている
自分はほんとうの自分であるのか
いやこれは仮の姿なること

わたしとは未生以前そもそも
チチロムシチンチロリンギッチョ
ガチャガチャスイッチョ

じゃなくて鳴かぬ虫ヘッピリムシ
なんぞと眠りなかば笑っていたり
誰も彼もなく人はみな骨と灰

（『子供の領分ー遊山譜』二〇一三年　アーツアンドクラフツ）

正津　勉（しょうづ・べん）
1945年福井県生まれ。72年、『惨事』（国文社）でデビュー。代表的な詩集に『正津勉詩集』『死ノ歌』『遊山』（いずれも思潮社）があるほか、小説『笑いかわせみ』『小説尾形亀之助』『河童芋銭』、エッセイ『詩人の愛』『脱力の人』（いずれも河出書房新社）、『詩人の死』（東洋出版）、評伝『乞食路通』（作品社）など幅広い分野で執筆を行う。近年は山をテーマにした詩集『嬉遊曲』『子供の領分｜遊山譜』、小説『風を踏む―小説『日本アルプス縦断記』』、評伝『山水の飄客　前田普羅』、エッセイ『人はなぜ山を詠うのか』『行き暮れて、山。』『ザ・ワンダラー　濡草鞋者 牧水』（いずれもアーツアンドクラフツ）、『山川草木』（白山書房）、『山に遊ぶ　山を想う』（茗溪堂）など、ほかに『忘れられた俳人　河東碧梧桐』『「はみ出し者」たちへの鎮魂歌』（平凡社新書）がある。

京都《きようと》詩人《しじん》傳《でん》
一九六〇年代《ねんだい》詩《し》漂流記《ひようりゆうき》

2019年8月31日　第１版第１刷発行

著者◆正津《しようづ》　勉《べん》
発行人◆小島　雄
発行所◆有限会社アーツアンドクラフツ
東京都千代田区神田神保町2-7-17
〒101-0051
TEL. 03-6272-5207　FAX. 03-6272-5208
http://www.webarts.co.jp/
印刷　シナノ書籍印刷株式会社

ISBN978-4-908028-40-3　C0095